RIEN NOUS APPARTIENT

L'auteur

Guillaume Guéraud est né en 1972 à Bordeaux. Il a passé ses vingt-cinq premières années dans une cité de banlieue. Après avoir eu 3/20 au bac de français, il a travaillé comme journaliste, mais s'est fait virer de partout grâce à son insolence. Il a alors commencé à écrire des romans et n'a plus jamais arrêté. Il vit à Pézenas depuis 2014.

Parmi ses romans : *Je mourrai pas gibier*, *Déroute sauvage*, *Plus de morts que de vivants*, *Shots* et *Vorace* (Le Rouergue).

GUILLAUME GUÉRAUD

RIEN NOUS APPARTIENT

POCKET JEUNESSE
PKJ.

Directeur de collection :
Xavier d'Almeida

Loi n° 49 956 du 16 juillet 1949 sur les publications
destinées à la jeunesse : janvier 2022

ISBN : 978-2-266-32181-5
Dépôt légal : janvier 2022

Merci à
Jack London,
Marathon Man de John Schlesinger,
Fight the Power de Public Enemy,
Paris sous les bombes de NTM et *Émeutes* de Passi,
Lamine, Mohamed, Hamid, Joseph, Imad et Adel,
avec qui j'ai grandi dans la cité Dravemont à Floirac (33),
à tous les jeunes détenus de l'EPM de Marseille
que j'ai rencontrés en mai 2009
et à leur équipe enseignante.

Avant de faire ce que j'ai à faire,
je voudrais mettre les choses au clair.
Parce qu'après, ça va forcément m'échapper.
Et je ne serai plus là.

Déjà, avant que les flics ou les médias racontent n'importe quoi, je vous annonce que je suis pas musulman. Alors n'allez pas croire que c'est un acte terroriste organisé par Daesh ou un attentat islamiste signé Al-Qaïda et compagnie. Aucun rapport.

Je le précise parce que, vu mon nom et ma tête d'Arabe, on risque de me prendre pour un djihadiste. Sans déconner. Je suis même sûr que, dans la panique et la confusion, un témoin inventera qu'il m'a entendu crier « *Allahu akbar !* » avant que je fasse tout sauter. Tu parles.

J'ai jamais cru qu'Allah était grand. J'ai même jamais cru qu'Il existait. Et j'ai jamais mis les pieds à la mosquée.

Les barbus de mon quartier vous le diront, vous pourrez leur demander, je suis pas le genre de mec qui gobe leurs salades. Ils évitent de me réciter les paroles du Prophète parce que ça me fait marrer.

Je me fous carrément de leur gueule quand je les vois passer avec leur allure de Maître Yoda. « Il a l'air vachement solide… » je leur balance. « Quoi ? » ils me demandent. « Le balai que vous avez dans le cul ! » je leur réponds.

Même mon père ne peut pas encaisser leurs sermons. Faut dire que ces bouffons ont essayé plusieurs fois de le forcer à fermer son bar. Ouais, parce que mon père, c'est vraiment pas un « bon musulman », il tient le bistrot de la cité, un « lieu impur ». Sauf que faut éviter de le faire chier. Une fois, il les a aspergés de rhum, ils ont hurlé comme la petite fille démoniaque qui reçoit des gouttes d'eau bénite dans *L'Exorciste*.

Le rhum et l'eau bénite, pourtant, c'est pas pareil. Le rhum, selon mon père, c'est pas pour les tapettes. Alors que l'eau bénite, c'est pour les chrétiens. Ou pour les catholiques, j'en sais rien, j'ai jamais compris la différence, mais je sais qu'il y en a une.

Faut pas tout confondre.

*

Je suis peut-être arabe mais, la religion, j'en ai rien à secouer.

Le Coran, il traînait quelque part à la maison, quand ma mère était encore là. Mais je l'ai jamais ouvert. Ou alors, bon, je vais pas mentir, je l'ai ouvert une ou deux fois, pas plus. Quand j'étais petit. Parce que c'était comme un livre mystérieux pour moi. À cause de son écriture arabe que je comprenais pas. Comme si c'était plein de codes secrets que je devais déchiffrer pour trouver un trésor. Parce que j'avais lu *L'Île au trésor* et pas mal d'aventures comme ça que j'avais empruntées à la médiathèque. En français, pas en arabe. Je sais pas lire l'arabe. Et je sais pas le parler non plus.

Alors même arabe, en fin de compte, je le suis pas trop, parce que ceux qu'on appelle les Arabes, normalement, de l'Arabie Saoudite à la Tunisie en passant par le reste du monde, ils ont au moins en commun la langue arabe. Mais moi je sais dire que quelques mots. Et que des insultes.

En fait, je suis français, j'ai la nationalité et ma carte d'identité. Né le 8 février 2001 à Saint-Denis. Bien sûr, ça prouve pas grand-chose, parce qu'il y a des Français bien blancs et tout, je sais pas ce qui leur a pris, ils se sont convertis à fond, vous savez, il y en a même qui sont partis en Syrie avec les salafistes ou l'État islamique, aucune idée, c'est comme chrétiens et catholiques, j'y comprends que dalle.

On en a un comme ça, dans le quartier, un tout blanc qui s'est mis à l'islam. Il est pas parti en Syrie mais il fait sa prière cinq fois par jour. J'étais en primaire avec lui, on s'entendait plutôt bien, merde. Maintenant, il se balade en djellaba et se laisse pousser une barbe qui ressemble à rien. Il s'appelle Jérémy mais, depuis qu'il s'est converti, il veut qu'on l'appelle Abou Chahid. Tu parles, avec mes potes, on l'appelle Ducon. Je sais pas s'il osera vous le dire.

En tout cas, voilà, j'ai rien à voir avec les barbus.

*

Le seul truc qui pourrait faire penser que je suis musulman, dans la vie de tous les jours, c'est que je mange pas de porc. J'ai même jamais goûté, je sais pas trop pourquoi, j'en ai jamais eu envie. Sûrement à cause de mes origines et des croyances religieuses de ma mère, dont j'ai dû un peu hériter, par les gènes ou quoi, au moment de ma naissance, sans vraiment choisir, comme on hérite tous de ce que trimballent nos parents et les ancêtres qu'on n'a même pas connus, ceux qui vivaient avant nous, il y a cent ans ou mille ans, et qui font malgré tout partie de nos racines.

Mais je crois pas avoir hérité de grand-chose de plus.

Faut dire que mon père a pesé lourd dans la balance. Il mange pas de porc non plus, mais il s'est appliqué à démolir la plupart des règles que ma mère voulait nous transmettre, à moi et à mes sœurs. La démolition, c'est un domaine qu'il connaît, parce qu'avant de reprendre le bar du quartier, il était marteau-piqueur sur les chantiers.

Et quand il a fini par acheter le bar, après avoir pu obtenir un crédit à la banque, ma mère l'a quitté. Elle ne supportait pas l'idée que son mari vende de l'alcool « au mépris de l'islam » comme elle disait. Alors elle est partie en Algérie. Avec mes deux sœurs, Yasmina et Djamila. Chez ses parents qui vivaient là-bas.

On les a jamais revues. Mon père a envisagé un moment d'aller les chercher, mais il a laissé tomber cette idée parce qu'il craignait d'être mal reçu. « J'ai pas envie de me faire remonter les bretelles par la famille de ta mère ! » il râlait. Il a jamais mis de bretelles mais il utilise toujours des vieilles expressions comme ça.

Djamila avait sept ans et Yasmina neuf ans. Moi j'en avais douze.

« Elle m'a laissé le pire de nos trois enfants ! » se plaint parfois mon père. Quand je l'énerve. Ou d'autres fois, j'ai pas d'exemple précis, il le dit plutôt gentiment. Je sais jamais si c'est pour rigoler ou quoi. Mais il a raison. Même si je ne faisais pas encore de grosses conneries avant le départ de ma mère. Ça a commencé plus tard. Et ça va pas tarder à se confirmer définitivement.

*

Mon père, je vous le dis tout de suite, il sait pas ce que je vais faire. Alors ce sera pas la peine de l'accuser. Il est au courant de rien.

Comme mes potes, d'ailleurs. Je vous ai pas encore parlé de mes potes mais, vu que j'écris tout ça pour mettre les choses au clair, autant le préciser maintenant. Je leur ai rien dit. Ce sont pas mes complices. Ce sont juste mes potes.

Il y a Ianis, Kader et Zak. Par ordre alphabétique, pas par ordre de préférence ou d'importance. Parce qu'avec les amis, vous savez, l'importance et la préférence, ça dépend des moments.

On a dix-neuf ans et on traîne ensemble depuis toujours. On a partagé les mêmes cours de récréation et les mêmes cours d'immeubles. On a tapé dans les mêmes ballons et on a rigolé dans les mêmes cages d'escalier.

À part pendant mon séjour en prison qui a duré seize mois.

Ouais, parce que je suis allé en prison, au moment du lycée, mais je vous expliquerai ça plus tard. Après le collège, de toute façon, mes potes et moi, on pouvait pas se retrouver dans le même lycée. À cause de leurs mauvaises notes.

Ianis a eu un CAP de frigoriste l'année dernière. Kader est en apprentissage dans un centre de formation. Zak a tout lâché. Et moi, depuis la rentrée, je suis à la fac.

Mais on délire encore tous les quatre. On fume des pétards. On se fait nos plans sur la comète.

Et ils se marrent autant que moi quand je me fous de la gueule des barbus. Même s'il arrive à Zak et Kader de faire le ramadan. Comme si c'était un défi à relever ou quoi. Ça doit faire partie des bagages que leurs parents leur ont transmis.

Moi, le ramadan, j'ai essayé une fois, quand j'étais en cinquième, pour faire le malin comme les autres au collège. C'était juste après le départ de ma mère et de mes sœurs. Je devais pas aller très bien. J'espérais peut-être raccrocher les wagons. Ou juste faire chier mon père.

Sauf que j'ai fait semblant. Je bouffais des gaufrettes en cachette dans les toilettes.

*

Je crois pas plus à la religion qu'au père Noël. Je crois pas que je serai accueilli dans un monde bienveillant après ma mort si j'accomplis de bonnes actions sur Terre. Je crois pas non plus que je subirai des châtiments éternels si je fais sauter des bombes comme je m'apprête à le faire.

Je suis juste un mec qui croit en rien.

Et qui en a marre.

*

Le seul truc vraiment bizarre que j'ai cru, pendant un moment, c'est que j'allais vivre une grande et belle histoire d'amour, sans déconner, du genre comme dans les contes avec « ils se marièrent et ils vécurent heureux » et tout ça, alors ouais, vous pouvez vous foutre de moi, mais c'est pas ma faute, c'est à cause de Fatima, faudrait peut-être que je vous en parle, même si je sais plus trop quoi en penser.

Fatima, j'ai pas honte de l'écrire, c'est la fille que j'aime. Ou que j'aimais. Ou que j'aurais aimé aimer. Si elle m'avait aimé. Mais l'amour, vous devez bien le savoir, ça marche pas comme on aimerait.

J'ai pas trop envie d'en parler maintenant. On verra ça plus tard.

Mais avant, je vous garantis que Fatima ignore que je prépare un attentat, alors inutile de l'accuser elle aussi. Quand je croyais qu'on était amoureux, pourtant, je lui racontais tout. Même des trucs que je racontais pas à mes potes. Mais c'était il y a longtemps. Bien avant que je décide de fabriquer des bombes.

*

C'est pas non plus les réseaux sociaux qui m'ont influencé. Facebook et compagnie, je m'en fous. Je suis même pas sur Snapchat.

Alors que tous mes potes sont à fond là-dedans. Et la génération 2.0, c'est nous, mais je sais même pas ce que ça veut dire. J'ai l'impression qu'une appli comme Twitter, par exemple, ça a seulement été inventé pour que les célébrités partagent leurs commentaires pourris avec le monde entier. Rien à branler.

C'est pas mon truc. J'y comprends que dalle et je vois pas à quoi ça sert.

Mes potes vous confirmeront sans problème que je suis pas branché sur les réseaux. Ils m'appellent Jurassik à cause de ça. Ça rime avec mon prénom, Malik.

Faut dire qu'on n'a pas trop les mêmes goûts, avec mes potes. Rien qu'en cinéma, leur film préféré, c'est *Fast and Furious*. Une grosse merde. Et en foot, putain, ils sont fans du PSG. Un club de millionnaires. Alors que moi, je soutiens les petites équipes. Ça m'a plu quand Rennes a battu le PSG en finale de la Coupe de France l'année dernière. Eux, ça les a rendus dingues.

Ça reste quand même mes potes. On déconne et on s'embrouille comme on peut.

Pour les films, j'ai arrêté de batailler avec eux. Je leur en ai montrés quelques-uns qui les ont emballés, comme *Scarface* ou *Le Bon, la Brute et le Truand*, mais généralement ces bouffons préfèrent tripoter leurs smartphones à la con.

L'appli qui les éclate, c'est TikTok. Ou Instagram. Ils m'ont fait voir, c'est pour poster des photos ou des vidéos. Sauf que n'importe qui y met n'importe quoi. Ça m'intéresse pas.

Ils s'automitraillent la tronche en selfies et ils rajoutent des filtres pour s'arranger un peu mais, sans déconner, ils sont mieux en vrai. Faut croire que ça les fait marrer, parce qu'ils sont abonnés entre eux et ils se « likent » entre eux. Le plus populaire, Ianis, a vingt-six abonnés sur son compte. Tu parles d'un succès.

De toute façon, même si je savais m'en servir, je saurais pas quoi prendre en photo. Notre quartier est affreux et on n'en sort jamais. On file bien en métro jusqu'à Paris, des fois, mais c'est juste pour zoner autour des Halles. Voir ce qui se passe. Si ça se passe.

*

Quand on est allés sur les Champs-Élysées, pour péter quelques trucs, Ianis voulait filmer avec son smartphone. Histoire de vendre les images à BFM ou quoi. Sauf que c'était trop le bordel. Surtout qu'il avait les mains pleines, parce qu'on était chargés de barres en fer et de morceaux de bitume et de tout ce qu'on pouvait jeter dans les vitrines ou sur les flics.

C'était pendant les manifs des Gilets jaunes, vous vous souvenez. Bon, nous, on portait pas de gilets jaunes. On avait enfilé des parkas noires à capuche et des foulards. Et on y allait pour tout foutre en l'air. Parce que les manifs tranquilles, ça va, on sait que ça sert à rien.

Alors on ramassait tout ce qui traînait pour tout casser. Exploser les vitrines et les distributeurs de billets. Caillasser les flics et les horodateurs. Cramer les Mercedes et le Fouquet's. Alors ouais, ceux qu'on appelle « les casseurs », c'est nous. Mais on s'en fout. On est dans la merde, on a rien à perdre, tout mettre en miettes est pour nous une fête.

Mais nos pavés sont moins dangereux qu'un tir de LBD. Ianis a reçu une balle dans le genou, ça lui a carrément brisé la rotule. Je sais plus combien de jours il a passés à l'hôpital, opération et rééducation, mais il boite encore aujourd'hui alors, les parties de foot, c'est fini pour lui.

Ces bâtards de flics ont aussi chopé Zak. À coups de matraque. Et Kader. Ils lui ont déchiré le nez en le traînant par les pieds sur les Champs. En comparution immédiate le lendemain, trois mois ferme pour Kader, deux pour Zak. Sans déconner. Kader avait presque rien fait. Et Zak avait juste pulvérisé une bombe de peinture sur le bouclier d'un CRS. Mais les tribunaux, au moment des Gilets jaunes, c'était vraiment la loterie.

Moi, avec mon casier, ils m'auraient pas loupé. Heureusement que je me suis pas fait serrer sur ce coup-là. Mes potes me surnomment Jurassik, mais je suis pas un diplodocus. Quand faut se tailler, je suis une anguille ou une araignée, je sprinte et je zigzague, entre les lampadaires et les panneaux publicitaires, je bondis par-dessus les bagnoles ou je me faufile sous les camions, je traverse les portes et les fenêtres, je grimpe même le long des murs par les tuyaux des gouttières. Malgré mon petit doigt en moins.

*

Ouais, bon, j'ai le petit doigt de la main droite en moins. Parce qu'un sale type me l'a coupé quand j'avais seize ans. Ça fait trois ans. Il me l'a coupé avec un sécateur, je vous raconterai. Et après, je l'ai tué, sans trop faire exprès, je vous raconterai aussi. C'est pour ça que j'ai un casier judiciaire. Et que je suis allé en prison.

J'aurais peut-être dû commencer par ça mais, pour écrire, je sais pas bien comment m'y prendre. Alors je me suis lancé à l'instinct et je raconte un peu comme ça vient. Ça me semblait pas très compliqué, sauf que c'est quand même le bordel. J'ai pourtant mis de l'ordre dans les choses que je veux dire, je les ai même notées sur un cahier, mais il y en a parfois de nouvelles qui me traversent la tête sans prévenir.

J'arrangerai peut-être tout ça à la fin. Si j'ai le temps. C'est pas sûr. On verra bien.

De toute façon, l'histoire de mon petit doigt, elle n'a aucun rapport avec ma décision de préparer un attentat.

Avoir un petit doigt en moins, au début ça fait bizarre mais, après, on s'habitue. C'est pas grave. Ça m'empêche pas de pisser droit. Ni de fabriquer des bombes.

Sauf que des fois, même trois ans après, j'ai l'impression qu'il me manque un morceau. Un tout petit morceau, bien sûr, mais quand même. Je sais pas trop pourquoi, ça arrive surtout quand il fait froid et que je mets les mains dans mes poches.

Sinon, ça n'a pas changé grand-chose. Je cours et je grimpe toujours aussi vite.

*

J'avais au moins quatre CRS à mes trousses sur les Champs-Élysées. Parce que, faut que je vous dise, je leur avais envoyé un panneau dans la gueule. Ouais. Il y avait ce panneau rouge qui traînait par terre juste avant. Un panneau de sens interdit. Des mecs avaient dû l'arracher pour se servir seulement du poteau. Les rangées de flics étaient à une dizaine de mètres, ça criait et ça s'agitait de partout, on voyait presque rien avec la fumée des lacrymos. J'ai ramassé le panneau.

J'ai calé mes doigts contre son rebord pour bien le tenir. Je me suis légèrement penché en arrière. J'ai tendu mon autre bras en diagonale vers le ciel. Puis j'ai effectué une pirouette pour prendre de l'élan, comme les athlètes de l'épreuve du disque aux jeux Olympiques, et je l'ai balancé.

Et là, sans déconner, c'est devenu magique. Vous savez, ça arrive, ce genre de trucs qu'on voit avant même de les faire et qui se déroulent exactement comme on les a imaginés. Ouais, avant même de lâcher ce panneau, j'ai vu sa trajectoire parfaite, un long trait rouge dans l'air, jusque dans la tronche de ces bâtards et, un quart de seconde après, c'est exactement ce qui s'est passé, le panneau s'est envolé comme un frisbee à travers la fumée, presque au ralenti, pareil que dans un film, et il a fini sa course en ricochant contre leurs casques.

Et après, j'ai couru. Parce que ces putains de CRS ont aussitôt donné l'assaut. Je me suis d'abord jeté sur le côté pour éviter les matraques et la bousculade. Et j'ai cavalé. À fond. Je les ai semés sans problème. J'ai défoncé une porte, je me suis enfilé des centaines de marches d'escalier, j'ai brisé une fenêtre. Et je me suis retrouvé sur le toit de l'immeuble Zara.

Un toit presque vertical, je peux vous dire, alors j'en menais pas large. Mais j'ai pas le vertige. À l'école primaire, déjà, c'est moi qui montais sur les toits pour récupérer les ballons quand on les perchait. Ça épatait mes potes et ça foutait les maîtresses en panique. Surtout quand j'écartais les bras pour faire semblant de jouer au funambule le long des gouttières. Sauf que là, en équilibre au-dessus des Champs, j'ai pas fait autant le malin.

J'avais une vue imprenable sur le Fouquet's en flammes de là-haut. C'était beau. Mais j'ai pas pensé à sortir mon smartphone pour faire une photo.

*

Le seul endroit où je me suis dit que prendre des photos valait la peine, c'est quand je me suis retrouvé dans les Alpes, à 3 500 mètres d'altitude, ouais, sur le sommet qui s'appelle l'Étendard. Sauf que j'avais pas mon smartphone. Parce que je suis parti là-bas avec l'EPM, l'établissement pénitentiaire pour mineurs, encadré par des gardiens et des éducateurs, ils nous avaient interdit nos portables. Mais la prison et le voyage, je vous raconterai ça plus tard, là je raconte juste que j'ai pas pu faire de photos au sommet.

De toute façon, en photo, ça aurait pas eu grand-chose à voir avec ce que j'ai vraiment vu. Parce que la montagne, c'est trop grand, ça peut pas rentrer dans un smartphone. Y a même pas de relief sur les photos.

Et ça manque d'air. Faut dire que je suis pas photographe.

« On est tous photographes avec nos smartphones ! » se vantent mes potes. N'importe quoi. C'est pas parce qu'on a tous un briquet dans la poche qu'on est tous pyromanes.

*

Mon smartphone, le plus souvent, je m'en sers juste pour jouer à Candy Crush. Ça m'amuse. Et ça me permet de lâcher un peu tout ce qui m'énerve. Quand je rumine. Quand j'ai envie de hurler ou de m'écraser les poings contre un mur.

Et puis aussi, je vais pas commencer à vous cacher des choses, alors ouais, bien sûr, il m'arrive de mater des vidéos de cul sur mon smartphone. Pour fantasmer et pour me branler, mais c'est normal à mon âge. Je vous dis ça pour vous montrer que je triche pas. C'est pourtant pas un truc dont je parle facilement.

Je fais ça la nuit, seul dans ma chambre, sans bruit. Pour pas que mon père se doute. Et dans le noir. Parce qu'on m'a dit que la caméra des smartphones pouvait nous filmer sans qu'on s'en aperçoive. J'y crois pas mais, on sait jamais, j'ai pas envie d'apparaître sur les réseaux dans ce genre de situation comme le ministre à qui c'est arrivé.

*

Sinon, je regarde aussi des clips sur YouTube. Plutôt du vieux rap style Eminem ou Public Enemy. Ils sont américains, je sais, mais je suis pas du genre à cracher sur tout ce qui vient des États-Unis.

J'aime pourtant pas les Américains, en général. Parce qu'ils ont pourri la Terre entière avec leur capitalisme à la con. Même si, sans vouloir les défendre, c'est pas vraiment eux qui ont inventé le capitalisme. Ça existait bien avant. Comme la propriété privée, l'esclavage, l'argent, le commerce et les banques. Je vais pas vous faire un cours d'histoire ou d'économie mais, en fin de compte, les Américains ont juste développé ça à fond. Et ils l'ont imposé au reste du monde avec des bombes.

Sauf que j'arrive pas à les détester autant qu'ils le méritent. Parce que, malgré leur politique de merde et tous leurs crimes, ils ont fait des grands films. Et en musique, c'est pareil, je connais rien de mieux que le rap américain. Même si je comprends pas les paroles, c'est pas grave, ça déchire.

Le rap français me fait chier. Et les vidéos de petits chats qui ont des millions de « likes » me font pas marrer.

*

Pour se marrer, dans mon quartier, il faut quand même ramer. On serre plutôt les dents. Comme si on avait peur que nos mâchoires tombent par terre. À cause de la misère ou quoi.

Il y a des chiffres, je pourrais vous les trouver, mais là j'ai la flemme. À propos du chômage et tout ça. Mon père m'a raconté que, quand il était jeune, c'était déjà pas la joie. Mais c'est pas mieux aujourd'hui. Au contraire. Tout s'est aggravé.

Le taux d'échec scolaire a pourtant baissé. Mais ici, sur les deux cents élèves qui étaient avec moi à l'école primaire, on est juste cinquante à avoir gagné le lycée. Et j'en fais partie, ouais, je suis plutôt bon élève. Même si, moi, la fin de ma seconde et toute ma première, je les ai faites en prison.

C'est à l'EPM que j'ai passé le bac de français. Et c'est d'ailleurs grâce à mes résultats scolaires « très satisfaisants » que le juge d'application des peines a décidé de me libérer un peu plus tôt. Pour que je fasse ma rentrée de terminale dans les murs du lycée.

Mais après, même avec le bac ou quoi, il y a encore moins de boulot qu'avant. Alors à quoi ça sert ?

On dirait que je m'exprime comme les vieux cons qui disent « c'était mieux avant », mais je dis pas que c'était mieux avant, je dis juste que c'est pire maintenant. Bon, ouais, ça revient peut-être au même.

*

« On vit pas, dit mon père, on fait que survivre. » Ouais. Dans la débrouille et les combines. Mais la débrouille et les combines, pour les jeunes comme moi, vous appelez ça la délinquance.

Alors OK, des conneries, mes potes et moi, on en a fait pas mal. Quand on avait encore l'âge d'en faire. Des pas bien graves. Cramer une ou deux bagnoles. Insulter des flics. Arracher un sac.

On a aussi fait la voiture bélier ensemble. Alors qu'on n'avait même pas l'âge de conduire. À quinze ans. Contre le Lidl. Une autre fois contre le bureau de tabac. Pour piquer des trucs et faire les malins.

C'est Zak qui menait les opérations. Je dis pas ça pour le dénoncer, tout le monde le sait, il a même été condamné. C'était un peu la tête brûlée de notre bande. Il ouvrait une bagnole en éclatant une vitre. Il arrachait les fils du démarreur pour les connecter. Il prenait le volant et il fonçait. Ianis, Kader et moi, on attachait nos ceintures et on rigolait pour éviter de flipper.

Ça n'a pas duré longtemps. Les flics ont débarqué la fois où on a essayé de dévaliser le bureau de tabac. En pleine nuit. On était tous les quatre à l'intérieur en train de ratisser des cartouches de clopes. Après avoir défoncé le rideau avec la bagnole.

On rigolait tellement qu'on les a pas entendus arriver. Et c'était déjà trop tard. Sauf que je suis une anguille, je vous l'ai déjà dit. Alors ils ont coincé mes potes, mais pas moi. Je me suis jeté à plat ventre. J'ai rampé dans le noir jusqu'au fond du magasin. J'ai franchi un couloir entre un tas de cartons. J'ai grimpé sur une poubelle pour me glisser par une minuscule fenêtre. J'ai atterri dans la rue juste derrière. Et j'ai couru. Les flics ont même pas eu le temps de me voir.

Un juge a condamné mes potes à une amende. Je sais plus de combien. Mais moins lourde que les cris et les beignes de leurs parents. Ils ont aussi été obligés de faire des travaux d'intérêt général. Tous les samedis pendant trois mois. Et ils ont passé une journée dans un centre de rééducation avec des accidentés de la route. Pour prendre en pleine gueule les dégâts que peuvent provoquer les bagnoles. Ils m'ont dit qu'ils avaient vu des trucs de malade là-bas. Des corps en vrac. Un jeune garçon avec la tête brûlée, au sens propre, pas comme Zak. Une fille avec des hanches en plastique. Des types à qui il manquait un bras ou les deux jambes.

J'avais encore tous mes doigts à ce moment-là.

*

J'aimais beaucoup les doigts de Fatima. Leur couleur et leur douceur. Quand elle les passait entre les miens.

On traînait dans le quartier en se tenant par la main, elle et moi, devant tout le monde. Mais pour s'embrasser, on se cachait dans les cages d'escalier. Ou on allait au cinéma.

Elle aimait pas les conneries que je faisais avec mes potes. Elle disait que je valais mieux que ça. Et je la croyais.

J'imaginais que, quand on serait adultes, on quitterait cette cité. Et on vivrait tous les deux ensemble. Je lui disais qu'on habiterait dans une cabane, sur la plage d'une île déserte, ou au milieu d'une forêt enneigée. Avec un cinéma pas loin, quand même, pour voir des films en grand. Et une médiathèque. Ça la faisait marrer. Je lui décrivais notre cabane et je nous inventais des aventures. Ça l'emballait. Je fantasmais en me persuadant qu'on aurait suffisamment de fric pour faire tout ce qu'on voudrait. Et je croyais qu'elle y croyait.

Tu parles.

*

Mes potes et moi, maintenant, on a arrêté de faucher des bagnoles, mais on a toujours pas le permis.

Alors on regarde et on attend.

On regarde les matchs de foot à la télé. On attend les buts. On regarde les mégots à nos pieds. On attend de rouler un nouveau pétard. On regarde les anciens dealers se reconvertir en chauffeurs Uber. On attend qu'ils baissent leur vitre pour cligner d'un œil dans notre direction. On regarde les gamins qui apprennent à marcher. On attend qu'ils trébuchent et saignent du nez. On regarde les nuages au-dessus des tours de la cité. On attend le soleil. On regarde les filles passer. On attend qu'elles viennent nous parler. On regarde les vitrines de Paris et les poubelles de notre quartier. On attend de pouvoir les confondre. On regarde défiler les RER. On attend qu'ils nous emmènent jusqu'à la montagne ou à la mer. On regarde nos parents fatigués. On attend qu'ils deviennent fiers de nous. On regarde les paraboles braquées vers le ciel. On attend que les Martiens nous contactent et nous sauvent. On regarde les infos, les cyclones, les tremblements de terre, les émeutes à Mayotte, Washington, Gênes, Bogota, Rio de Janeiro, Caracas, Damas, Alger, Hong Kong. On attend que tout explose.

Je ne peux plus attendre.

*

Je comprends pas pourquoi même Zak est devenu sage. Il se contente maintenant de dealer.

Du shit ou de l'herbe. En petites quantités, il nous dit, on sait pas vraiment. Mon père lui en achète de temps en temps. Ouais, parce que mon père fume un ou deux pétards, le soir, quand il rentre après avoir fermé le bar.

*

Les conneries, après le coup raté de la voiture bélier dans le tabac, je les ai poursuivies tout seul dans mon coin.

Je sais pas trop pourquoi mais, voler, ça m'a toujours plu. Même quand j'étais petit et que je chourais juste quelques trucs dans les rayons du supermarché. Une plaque de chocolat, un paquet de bonbons, une canette de soda. Ça me provoquait déjà des frissons. Il y avait de la peur, d'abord, la peur de me faire choper à cause des caméras ou des vigiles. Mais ensuite, dès que je sortais du magasin sans être soupçonné, il y avait cette espèce de joie incroyable qui éclatait à l'intérieur de moi. J'étais aussi fier qu'un athlète remportant une médaille d'or aux jeux Olympiques. Alors que j'avais juste un sachet de fraises Tagada dans ma poche.

C'est une sensation bizarre difficile à décrire. Ce bonheur explosif qui se produit aussitôt après la peur. Et qui ne serait pas le même s'il n'y avait pas cette peur juste avant. Il paraît que c'est grâce à une hormone qui s'appelle l'adrénaline. Mais les hormones, même si j'ai étudié ça au lycée, je peux pas vous expliquer.

Alors imaginez que le médecin vous annonce que vous avez une maladie mortelle. Et que vous allez crever dans dix minutes. Ça vous foutrait la trouille. Sauf qu'après, ce médecin vous dit qu'il blaguait, que vous n'êtes pas du tout malade et que vous allez vivre jusqu'à cent ans. Voilà. C'est peut-être pas une bonne comparaison mais je crois que c'est à peu près la sensation que ça me fait quand je réussis à voler.

À huit ou neuf ans, je me prenais pour un vrai bandit de grand chemin en fauchant mes bonbons Haribo au supermarché. Faut dire que j'adorais le personnage de Robin des Bois. J'avais un album illustré que mon père me lisait tout jeune. *Les Aventures de Robin des Bois dans la forêt de Sherwood.* Je trouvais ça génial, ce bonhomme qui volait l'argent des riches pour le donner aux pauvres, pas comme Ali Baba qui gardait tout dans sa caverne. Et j'ai jamais compris pourquoi plus personne ne faisait comme lui.

Mon père raconte régulièrement que, quand j'étais petit et qu'on me demandait ce que je voulais faire comme travail plus tard, je répondais : « Robin des Bois. » Comme si c'était un métier. Je sais pas s'il dit ça pour se moquer de moi ou quoi.

Mais ce qui est sûr, c'est que Robin des Bois est resté dans ma tête. La preuve, le mot de passe de ma messagerie, c'est « Sherwood ». Je le signale pour les flics qui enquêteront sur moi. Même si je sais qu'ils ont des spécialistes capables de cracker les mots de passe. Ça leur facilitera le boulot.

*

Quand j'ai continué à voler sans mes potes, c'était jamais avec effraction, seulement avec discrétion. Et toujours sans arme. Même pas un couteau ou quoi pour me défendre.

On sait jamais. Un vol sans arme, c'est juste un délit, ça dépend du tribunal correctionnel. Pour les vols à main armée, c'est pas la même chanson, on les juge en cour d'assises parce qu'ils sont considérés comme des crimes.

De toute façon, je faisais rien de grave. Et je me suis jamais fait serrer.

Jusqu'à ce que cette sale histoire me tombe dessus. Quand cette ordure m'a coupé le doigt. Et que je lui ai éclaté le crâne. Vous en avez forcément entendu parler parce que ça a fait la une des journaux. Mais c'était il y a trois ans, alors vous avez dû oublier.

J'ai directement atterri aux assises sans passer par la case correctionnelle.

Faut que je vous raconte précisément.

*

J'avais repéré quelques résidences de bourges vers la gare Saint-Lazare. Bien propres avec des balcons joliment fleuris. Pas un seul mégot sur les trottoirs. Et toutes les voitures en bon état.

Ce qui m'attirait le plus, quand j'y allais, c'était les beaux éclairages que j'apercevais dans les salons, des lumières chaleureuses et des grands abat-jour, pas comme les ampoules nues qu'il y a chez nous. Je suis pas en train de dire que j'y allais pour voler les abat-jour, non, mais c'est cette lumière confortable qui m'attirait, parce que ça sentait le fric.

Je me pointais là-bas le soir, pendant un match de foot important, quand les gens étaient scotchés devant la télé.

Pour entrer, comme presque partout dans Paris, il fallait passer deux portes. Une première avec digicode et une seconde avec interphone. Je peux vous dire que ça sert pas à grand-chose. Il suffit d'être patient. Et encore, pas longtemps, surtout les soirs de match, il y a un tas de livreurs qui entrent ou qui sortent.

Une fois à l'intérieur, j'empruntais jamais les ascenseurs, seulement les escaliers, pour éviter de croiser du monde. Je montais jusqu'au troisième ou au quatrième, pas plus haut. J'entrouvrais doucement la porte qui donnait sur le couloir de l'étage et j'attendais là un instant. Pour me concentrer et écouter.

Je me glissais dans le couloir uniquement s'il était désert.

Et j'ai oublié de dire que, juste avant, je collais un chewing-gum sur l'interrupteur de la cage d'escalier en position allumé. Pour pas me casser la gueule au cas où je devrais fuir précipitamment.

Après, dans le couloir, il fallait juste que je me comporte de la façon la plus naturelle possible. Je me dirigeais vers un appartement et j'essayais de l'ouvrir aussi simplement que si je rentrais chez moi. C'est-à-dire que je tournais la poignée de la porte et je la poussais. Mais *délicatement*, sans faire de bruit, contrairement à chez moi.

La plupart du temps, évidemment, je tombais sur des portes fermées. Les gens se barricadent, vous savez, même quand ils sont chez eux. Mais de temps en temps, sans forcer, ça s'ouvrait. Parce que certains oublient parfois d'actionner leur verrou.

Quand c'était fermé, je bataillais pas, je voulais pas commettre d'effraction et, de toute façon, je sais pas crocheter une serrure. Je me contentais de passer à la porte suivante pour faire la même chose. Et si la suivante était fermée, j'essayais les autres, en répétant les mêmes gestes. Jusqu'à ce que je tombe sur une porte qui s'ouvre.

C'est une méthode simple. Mais pas efficace du tout. Il m'est arrivé plusieurs fois de me taper deux ou trois étages pour rien. Dans les résidences où j'allais, il y avait quatre ou six appartements par palier. Et je peux vous dire que je trouvais en moyenne une porte ouverte sur douze. Ça fait pas lourd.

Alors quand ça s'ouvrait, j'étais content, ça voulait dire que j'avais de la chance.

Même si c'est à partir de là que ça devenait un peu plus risqué.

*

Derrière la porte d'entrée, dans les appartements de ces résidences, il y a un vestibule. Où les gens déposent généralement leurs sacs et accrochent leurs manteaux. Ce vestibule donne sur deux portes, une à gauche, une à droite. Celle de droite, je l'ai jamais franchie, je suppose qu'elle conduit aux chambres. Celle de gauche s'ouvre sur le salon et la cuisine. Je le sais d'après les bruits que j'entendais. Et je le sais surtout parce que, le jour où tout a dérapé, je me suis retrouvé dans le salon sans le vouloir.

Généralement, je pénétrais juste dans le vestibule, sans refermer la porte d'entrée derrière moi. Je n'avançais que d'un pas et il me suffisait de tendre les mains pour atteindre les affaires qui m'intéressaient. Je fouillais les manteaux et les sacs. Je glissais dans mon blouson les portefeuilles, les porte-monnaie et les billets qui traînaient, rien d'autre. Les cartes bancaires, les carnets de chèques et le reste, j'aurais pas su quoi en faire, alors je les laissais. Puis je ressortais en refermant *délicatement* la porte.

Ça me prenait deux minutes chrono.

Valait mieux être rapide. Et discret. Parce qu'une seule cloison me séparait des gens qui étaient là, dans leur salon, je les entendais, j'entendais même le match à la télé. À tout moment, une personne aurait pu se pointer dans le vestibule, pour aller aux toilettes ou dans une chambre ou ailleurs.

Quand j'y repense aujourd'hui, je me rends compte que c'était vachement risqué. Mais à l'époque, j'y pensais pas. Ou j'essayais de pas y penser. C'était quand même dans un coin de ma tête, ça faisait partie de la bonne peur dont j'ai parlé, celle qui fait augmenter le bonheur.

Après, je me réfugiais aussitôt dans la cage d'escalier pour compter mon butin. Je ne prenais que l'argent. Les portefeuilles et leurs papiers, sans mentir, je les fourrais dans une boîte aux lettres en partant. N'allez pas imaginer que je trouvais des millions. Quand une porte s'ouvrait, je mettais rarement la main sur plus de 100 euros en liquide.

Bon, ma plus grosse soirée, j'ai quand même chopé 327 euros en une seule porte. Mais la plupart du temps, je ratissais pas bien lourd. Alors si je me sentais en forme, j'essayais d'autres portes.

*

Je parlais pas de ça avec Fatima. Elle aurait pas aimé. On venait de rentrer en classe de seconde alors valait mieux filer droit. Mais réussir à voler du fric dans ces résidences me faisait kiffer plus que tout le reste.

Quand j'ai raconté à mes potes comment je m'incrustais dans les apparts pour faucher, aucun d'entre eux ne m'a cru. J'ai dû jurer et cracher avant qu'ils me prennent au sérieux. « T'es malade, mec ! Imagine que quelqu'un te voie chez lui ! » a flippé Zak.

J'envisageais cette possibilité, au début, j'avais même échafaudé des parades. Du genre : « Pardon, je me suis trompé d'étage, excusez-moi. » Ça nous était arrivé, avec mon père, que le voisin du haut ouvre notre porte par mégarde, alors je pensais que ce serait crédible. Surtout si je prenais un air de gentil garçon innocent, même si je sais pas bien faire.

Sauf que ça n'arrivait jamais, personne ne me remarquait. Alors au fur et à mesure, j'ai baissé la garde.

Et quand c'est arrivé, forcément, ça a mal tourné.

*

Une fois, comme pour me donner un avertissement, quelqu'un m'a surpris dans le couloir d'un étage. Je venais de me taper une série de portes fermées et je commençais à ruminer, quand celles de l'ascenseur se sont brusquement ouvertes dans mon dos. D'habitude, dès que j'entendais l'ascenseur se mettre en route, je me réfugiais dans la cage d'escalier. Mais là, j'avais pas fait gaffe, alors ça m'a fait sursauter. Surtout que c'est un énorme chien qui est sorti de l'ascenseur.

Un chien d'une race que je connaissais pas, de la taille d'un ours, tout noir et plein de longs poils. Avec une vieille dame qui essayait de le tenir en laisse. Il la traînait derrière lui aussi facilement qu'une petite branche morte. Et il a aussitôt foncé dans ma direction.

Les chiens, en général, j'aime bien ça. Je préfère les animaux sauvages, comme les loups, mais j'en ai jamais vu. À part dans des documentaires. Ou au zoo de Vincennes, on l'avait visité avec mon école primaire, sauf que c'est pas pareil.

*

Ça me fait penser, je vous l'ai pas encore dit, il y a un livre que j'adore depuis que je suis petit, c'est *L'Appel de la forêt* de Jack London, vous savez, avec ce chien à moitié loup. C'est un livre qui m'a même fait chialer à des moments, ouais, j'ai pas honte de le dire. Et ce que je préfère surtout, c'est la fin, quand il décide de retourner à l'état sauvage.

Je me souviens encore du prénom de ce chien parce que j'ai relu ce livre plusieurs fois. Il s'appelle Buck. Des fois, j'imagine que je ferais mieux de m'enfuir comme lui dans les montagnes, à travers la neige et les arbres. Sauf que c'est trop loin. C'est pas au bois de Vincennes que je vais pouvoir vivre un truc pareil.

Et dans le quartier où j'habite, des chiens comme Buck, il y en a pas. Il y a juste des affreux chiens minuscules qui aboient n'importe comment après n'importe qui, il suffit de faire « Pshhht ! » pour qu'ils se chient dessus. Ou des putains de pitt-bulls aussi cons que leurs maîtres. Vaut mieux s'en méfier.

*

Il m'était arrivé un sale plan avec un pitt-bull, dans Paris, à la station de métro des Halles. Mes potes et moi, on attendait sur le quai pour rentrer à Saint-Denis, je sais même plus ce qu'on faisait. Il y avait un mec avec un pitt-bull sans muselière pas loin de nous. Un mec du genre zonard, tatouages, piercings et compagnie. On l'avait pas trop calculé mais, d'un seul coup, son chien s'était jeté sur nous. Sans déconner. On s'était écartés en criant comme des malades et le mec avait juste eu le temps de le retenir par sa laisse. Un réflexe m'avait fait relever ma jambe gauche pour éviter les mâchoires de son putain de clébard. J'avais senti un truc à l'arrière de ma cuisse, presque rien, juste comme un pincement.

Ça nous avait fait flipper. Mais on avait pas trop réalisé ce qui venait de se passer. Le mec s'était barré sans nous laisser le temps de réagir. Avec son molosse qui continuait de montrer les crocs en grognant.

Puis le métro était arrivé et j'avais commencé à avoir mal. « C'est rien, avait dit Kader, t'as juste un trou dans le jean… » Sauf que j'ai jamais mis un pantalon troué ou déchiré de ma vie. Alors je l'avais aussitôt baissé, au milieu de la rame, devant tout le monde, pour examiner ma cuisse. Mais c'était situé derrière, dans le muscle, pile à un endroit que je pouvais pas voir. Un voyageur avait constaté : « Oui… Vous avez un trou dans la cuisse… Et ça saigne… »

Mon père m'avait tout de suite emmené chez le médecin, en rentrant, pour qu'on m'injecte un vaccin contre la rage. C'est le Dr Lombart, vous pourrez vérifier, son cabinet est toujours dans le quartier. « Vous avez eu de la chance… il avait jugé. On dirait que le chien a planté une seule de ses dents dans votre jambe. »

Après ça, j'avais fait quelques cauchemars. Où je revoyais la sale gueule de ce pitt-bull. Mais au lieu de se jeter sur ma cuisse, il m'attrapait le visage avec ses mâchoires. Ça me réveillait et je croyais entendre ses grognements autour de mon lit.

Alors les pitt-bulls, vous comprenez, je m'en méfie. Même si je ne fais plus ces cauchemars depuis longtemps.

Maintenant, des cauchemars, j'en fais d'autres. Avec un sécateur. Qui me tranche entièrement le poignet.

*

Je reviens à l'histoire du gros chien noir qui fonçait vers moi, dans le couloir de la résidence, sinon je vais me perdre.

Il devait peser au moins 60 kilos. Mais j'ai tout de suite vu qu'il avait une bonne tête. Alors je me suis pas inquiété. Il a bondi autour de moi en remuant la queue et en jappant de façon amicale. On aurait dit qu'il dansait. Ses lourdes oreilles claquaient et ses grosses babines volaient comme des coussins.

— Dourak ! l'appelait la vieille dame qui tentait de le retenir.

Il s'est frotté contre mes jambes et m'a léché les mains avec son énorme langue. Et quand je lui ai caressé les flancs, il s'est carrément roulé par terre, les quatre pattes en l'air.

— Je vois que cet idiot s'est fait un nouvel ami ! a ricané la vieille.

Elle avait des yeux bleus un peu verts. Ses cheveux blancs semblaient sortir d'une essoreuse. Son visage était plissé comme un pneu de voiture tout-terrain.

— J'espère qu'une vieille dame comme moi ne vous effraie pas ! elle a dit.

Je me suis redressé pour éviter les coups de langue de son chien.

— Il s'appelle Dourak ?

— Oui. Ne craignez rien. C'est un terre-neuve. Il est gentil.

Et elle a souri pour me confier :

— « Dourak » signifie « idiot »…

— En quelle langue ? je me suis étonné.

— En russe.

— Vous êtes russe ?

La vieille a levé les yeux au plafond sans me répondre.

J'ai caressé le chien avant de sourire à mon tour.

— C'est pas un bon chien de garde pour vous protéger…

— Je n'ai pas besoin d'être protégée ! elle a garanti. Ça fait plus de trente ans que je vis ici et tout le monde me connaît. Mais c'est la première fois que je vous vois… J'espère que vous n'allez pas m'arracher mon sac !

Son menton lui remontait jusque sous le nez quand elle souriait.

— Non. Je vais voir des amis.

— De toute façon, vous savez, il ne peut rien m'arriver.

— Pourquoi ?

— Parce que je suis confiante.

— Vous croyez peut-être que ça suffit ? j'ai rigolé.

— Certainement pas… Mais je sais aussi voir le véritable danger là où il se trouve.

Son chien s'est mis à gratter la porte de son appartement. Elle a engagé une clé dans la serrure. Et a ouvert. Le chien s'est précipité dans le vestibule pour y laper une gamelle d'eau posée dans un coin.

La vieille femme a incliné poliment la tête dans ma direction.

— Bonne nuit jeune homme…

J'avais seize ans et je crois que personne ne m'avait encore jamais appelé « jeune homme ».

— Bonne nuit madame… je lui ai répondu.

Elle a refermé la porte derrière elle. Sans même tirer le verrou.

Et je suis parti.

*

Cette vieille dame est venue témoigner lors de mon procès.

L'avocat chargé de me défendre m'avait demandé le nom de toutes les personnes dont le témoignage pouvait être en ma faveur. Ça n'a pas été facile, pour moi, de trouver du monde. À part mon père. Mes potes. Fatima. Deux profs du collège. La documentaliste du lycée. Et la bibliothécaire du quartier.

« C'est pas énorme ! avait jugé l'avocat. Et tu n'as cité aucune personne âgée… T'en connais pas ? Leur témoignage pèse toujours plus lourd dans la balance… »

J'avais alors repensé à cette vieille dame. Et j'avais raconté à l'avocat l'épisode que je viens de vous raconter. « Elle serait parfaite ! il avait dit. D'autant plus qu'elle habite tout près de ta victime. Reste à savoir si elle voudra témoigner… Quel est son nom ? »

Je connaissais pas son nom. Juste celui de son chien. Mais l'avocat s'est débrouillé pour la retrouver. Et elle a accepté de venir au procès. Alors que ma mère a refusé.

Elle s'appelle Tatiana Voznesenskaïa. Le président du tribunal et le procureur n'ont jamais réussi à prononcer correctement son nom. Elle les a corrigés chaque fois. Avec son sourire impeccable. Et elle leur a dit que j'avais l'air « aimable et inoffensif ». Je sais pas si ça a pesé lourd. Mais je la remercie aujourd'hui.

*

Depuis le début, en décidant d'écrire tout ça, j'hésite à parler de Fatima. Je sais pas trop comment faire. Et je sais pas si c'est utile.

Mais tout à l'heure, en feuilletant le cahier qui me sert de brouillon, je suis tombé sur la page où j'ai noté les dix meilleurs instants de ma vie. Et j'ai remarqué un truc : sur les dix, il y en a trois avec Fatima. Dont la fois où elle est venue au procès, le même jour que Mme Voznesenskaïa, pour dire quelque chose de magnifique à mon sujet.

Alors c'est peut-être maintenant que je dois raconter cet instant. En essayant de parler un peu d'elle. Même si elle s'est éloignée. Même si elle n'est pas du tout au courant de ce que je prépare. Et même si je crois qu'elle préférera m'oublier quand j'aurai tout fait sauter.

*

Fatima, pour résumer, c'est la plus belle fille que je connais. Et aussi, pour tout vous dire, c'est la seule fille que j'ai embrassée. Sur la bouche quand on était en CM2. Et avec la langue au collège.

Son père lui a pourtant interdit de me fréquenter à partir du moment où mon père à moi a repris le bar du quartier. Parce qu'il considérait, comme ma mère, que c'était pas respectable. Mais Fatima, heureusement, c'est pas le genre de fille qui obéit à son père.

« Malik ne traîne jamais au bar ! elle lui a balancé. C'est le meilleur élève du collège et il va devenir chirurgien cardio-vasculaire ! » « Chirurgien cardio-vasculaire », c'est ce que je marquais sur ma fiche, à chaque rentrée, comme projet de métier. Je savais pas trop ce que ça voulait dire, j'avais juste entendu ça quand mon oncle Ahmed avait fait son AVC, mais ça épatait davantage les profs que si je répondais « Robin des Bois ».

Fatima connaissait ma fascination pour Robin des Bois. Parce que je lui racontais un tas de choses, à l'époque, même des choses que je disais pas à mes potes. Sur les films et sur les livres qui me plaisaient, par exemple, comme *L'Île au trésor* ou *L'Appel de la forêt*. Elle aussi avait lu *L'Appel de la forêt* alors on parlait de Buck comme si c'était notre chien. Et on allait ensemble à la médiathèque emprunter des DVD.

Je lui avais montré le film *L'Exorciste*, une fois, en espérant que ça lui foute la trouille, pour qu'elle m'agrippe un bras. Sauf qu'elle avait eu moins peur que moi.

Fatima savait que je volais des petits trucs au supermarché. Elle me reprochait souvent :

— Tu te prends pour Robin des Bois mais tu ne fauches que des fraises Tagada ! Et tu ne les offres même pas aux pauvres !

— Mais je les partage avec toi… je me défendais. Et t'es aussi pauvre que moi !

— Ouais… elle était obligée de reconnaître. Mais c'est parce que tu veux que je t'embrasse…

La plus belle fois où elle m'a embrassé, je vous raconterai sûrement, c'est bien plus tard, juste après qu'on m'a coupé le doigt. Mais c'était aussi la dernière fois. Vu qu'après, on m'a enfermé. Et quand je suis sorti, faut pas rêver, c'était fini.

Quand elle est venue témoigner au procès, déjà, elle m'a à peine regardé. Elle tremblait. Elle se mordait les lèvres. Et sa voix se brisait dès qu'elle répondait aux questions du président du tribunal. Mais à la fin de son audition, elle a dit très clairement cette chose magnifique devant tout le monde : « Quand on était en sixième, je trouvais que Malik était un héros, parce qu'il volait des bonbons au supermarché pour les partager avec moi. »

Ça m'a bouleversé d'entendre ça. Parce qu'elle ne me l'avait jamais dit. Et ça m'a mis les larmes aux yeux. Tellement je trouvais ça beau qu'elle dise que j'étais un héros. Même si elle m'a pas regardé à ce moment-là.

« Ce qui compte, c'est qu'elle ait regardé le président du tribunal droit dans les yeux ! a estimé l'avocat. C'est un bon point pour nous ! »

« *Un voleur de bonbons héroïque* » a titré un journal le lendemain. Et mon père a scotché l'article derrière le comptoir de son bar. Il y est encore.

*

Mais vous devez vous douter que, si je suis passé en cour d'assises, c'est pas pour un vol de bonbons. Alors faut que je revienne là où j'en étais, dans les appartements près de la gare Saint-Lazare, pour vous expliquer.

Je vais vous raconter entièrement parce que les médias, comme d'habitude, ils ont fait que résumer à leur sauce.

*

C'était cinq jours après avoir croisé la vieille dame russe avec son gros terre-neuve. J'étais dans un autre immeuble, juste en face du sien, au deuxième étage. C'était le 18 avril 2017, le soir du match Real Madrid/Bayern de Munich, en quart de finale de la Ligue des champions.

J'ai cru que c'était mon jour de veine parce que, la première porte que j'ai essayé d'ouvrir, elle s'est ouverte.

Je suis rentré discrètement dans le vestibule et, je vous ai déjà dit comment je faisais, j'ai ratissé deux porte-monnaie et deux portefeuilles. Ça sentait le tabac et je pouvais entendre le match qui passait à la télé dans la pièce à côté. Et des voix, trois ou quatre, qui lançaient des encouragements : « Vas-y ! » « Frappe ! » « Bordel ! » « Perds pas le ballon ! » J'ai fourré les trucs dans mon blouson et j'ai quitté cet appartement, ni vu ni connu, deux minutes chrono.

Je me souviens que, au moment où je me suis retrouvé dans le couloir, des cris ont traversé la porte. Un but du Real. J'aurais peut-être mieux fait de regarder le match avec mes potes dans le bar de mon père. On aurait gueulé comme tout le monde. Mais il m'a suffi de soupeser les poches de mon blouson pour pas regretter ma soirée.

Et j'ai poursuivi mon manège.

Porte suivante : fermée. Porte suivante : fermée. Porte suivante : fermée.

Je me suis pas découragé. J'avais l'habitude.

Ma quatrième tentative a été la bonne. J'ai appuyé sur la poignée et la porte s'est ouverte. Pile au moment où les lumières du couloir se sont éteintes. À croire que j'étais verni.

Le vestibule était dans le noir complet. Et rien n'avait l'air d'être allumé dans cet appart. Même pas une télé.

J'ai gardé ma main droite sur la poignée de la porte et j'ai avancé d'un pas. Sans bruit. Et sans rien voir du tout.

J'ai tâté le mur avec ma main gauche. Vers là où les gens installaient généralement leur portemanteau. Sauf que. Sauf que ma main a heurté quelque chose. Quelque chose qui a chaviré. Qui a chaviré ou qui s'est décroché. Et qui est tombé. Qui est tombé et qui s'est écrasé par terre. Un vacarme de verre brisé.

La lumière du vestibule s'est allumée. J'ai sursauté et j'ai aussitôt levé les bras en fixant le sol sans bouger. Je sais pas pourquoi j'ai levé les bras, comme si on me disait « Haut les mains ! », peut-être un réflexe, ou la peur, parce que j'ai immédiatement senti la menace. Senti ou vu, j'en sais rien.

Tout m'a semblé se figer et s'éparpiller à la fois, comme les facettes du miroir cassé qui étaient répandues par terre, dont les reflets m'ont projeté trop d'images différentes d'un seul coup, mon visage, l'ampoule du vestibule, une tapisserie orange, mes jambes, des cornes de chevreuil suspendues au mur, l'angle d'une étagère, un homme chauve en pyjama, le reflet noir d'un fusil entre ses mains.

— Bonsoir ! il m'a fait presque amicalement.

Et il m'a balancé la crosse de son fusil en plein dans la tronche.

*

D'après mes calculs, qui ont été confirmés plus tard par l'enquête du juge d'instruction, je suis resté une quinzaine de minutes dans les vapes.

C'est sûrement une douleur qui m'a réveillé. Au niveau de la mâchoire. Comme un choc à retardement. La sensation de mordre dans du papier aluminium.

Quand j'ai rouvert les yeux, j'étais ligoté sur une chaise, au milieu de son salon. Mes pieds attachés à ceux de la chaise, devant, un de chaque côté. Mes mains aussi, une de chaque côté, mais derrière et plus haut. Tout ça avec du gros Scotch noir, vous voyez, le même genre que mon père utilise pour rafistoler des bricoles dans son bar.

J'avais plus mon blouson. J'avais du mal à respirer. J'avais soif et j'étais en sueur.

Mais la première chose dont je me suis rendu compte, avant tout le reste, c'est que je pouvais plus ouvrir la bouche. J'avais un goût de sang et des morceaux de molaires éclatées à l'intérieur, alors j'ai essayé d'écarter les mâchoires, pour cracher, mais j'ai pas pu. Il m'avait scotché la bouche. De plusieurs tours. Comme les pieds et les mains.

Le type était debout en face de moi, mais dos tourné, en train de tripoter des trucs sur un petit meuble. Il était torse nu, des vilains poils gris partout sur ses épaules. Il portait juste des rangers et un pantalon de pyjama. J'ai trouvé ça bizarre, de mettre des rangers avec un pyjama, mais j'étais pas vraiment en situation de critiquer sa tenue.

Le fusil reposait contre le meuble, tout près de lui. La crosse au sol, le canon vers le plafond. Un fusil de chasse.

J'ai repéré mon blouson, sur un fauteuil, dans un angle de la pièce. Une télévision éteinte. Une énorme tête de sanglier empaillé au-dessus d'un buffet. Des cornes d'animaux sur tous les murs. Un pack de bières sur une table basse.

Les volets roulants qui donnaient sur le balcon étaient baissés au maximum alors ça m'a pas mis à l'aise. Vu les circonstances, je vous le cache pas, je me suis dit que j'étais mal barré. Mais je flippais pas encore trop à ce moment-là.

Ma préoccupation principale était de réussir à respirer sans m'étouffer. Parvenir à avaler ma salive, sans avaler les éclats coupants de molaires qui étaient dans ma bouche, me demandait des efforts terribles.

Le type faisait pas attention à moi, alors j'ai voulu l'appeler mais, à cause du Scotch, au lieu de dire « Monsieur », j'ai seulement fait « Mhh-shh » sans reconnaître ma voix.

Il s'est retourné et je crois qu'il a souri :

— Oui ?

Je lui donnais cinquante ans. « Cinquante-deux ans » m'ont précisé les flics le lendemain. Il était pas grand. Ni costaud. En fait, il ressemblait un peu à Oncle Fétide, vous voyez, dans *La Famille Adams*. Mais il donnait pas envie de se marrer.

— Qu'est-ce que tu fous ici ? il m'a demandé.

Ça m'a étonné qu'il me pose une question alors qu'il savait que je pouvais pas répondre. Et ça m'a pas rassuré parce que je me posais exactement la même question.

Il s'est avancé vers moi en faisant traîner ses rangers.

— T'as rien à foutre ici, t'es au courant ?

Et il a brusquement gueulé :

— T'as pas le droit d'être ici ! C'est pas chez toi !

Son torse poilu faisait un bond à chacune de ses exclamations.

— Et puis même dehors ! Même dehors, c'est pas chez toi non plus ! Parce qu'ici on est en France ! Et toi t'es rien d'autre qu'un bougnoule ! Déjà, tes parents, ils ont piqué le boulot des Français ! Et toi tu voudrais me piquer mes affaires ? T'as pas le droit !

Alors là, évidemment, j'ai compris que ça allait être compliqué. Et c'est à partir de cet instant que j'ai commencé à avoir peur. Mais pas la bonne peur dont je vous ai déjà parlé. Seulement la peur la plus dégueulasse, celle qui arrive quand on sait qu'il n'y a plus d'espoir, et que la seule issue sera la pire.

*

Ça aurait été différent s'il m'avait pas scotché la bouche, j'aurais pu lui dire quelque chose, j'aurais peut-être pu le raisonner, même si je crois pas que ce soit possible de raisonner un cinglé pareil, mais j'aurais au moins pu essayer de le calmer, en m'excusant ou quoi, je sais pas, mais quand même, je suis persuadé que ça aurait pu tourner autrement s'il m'avait laissé l'occasion de parler, c'est d'ailleurs ce que j'ai déclaré aux flics et au juge d'instruction.

« Pourtant, après vous être libéré de vos liens, quand vous avez eu la possibilité de lui parler, vous ne l'avez pas fait… m'a reproché le juge. Bien au contraire. C'est là que vous vous êtes déchaîné ! »

Ouais.

Faut que je raconte la suite.

*

Le type s'est gratté le ventre et a posé une question qui semblait être pour lui la clé de tous les mystères de l'univers :

— Franchement, les bougnoules, ça vous amuse de cambrioler les braves gens de mon espèce ?

Il a attrapé une bouteille de bière et l'a décapsulée avec les dents.

J'ai passé ma langue le long de mes gencives. Il me manquait deux molaires. Elles avaient dû se briser contre la crosse du fusil. Ma mâchoire enflait à la vitesse grand V.

Il a posé sa bière sur la table basse et a fouillé mon blouson qui traînait sur le fauteuil. Deux portefeuilles en sont tombés. Ses genoux ont craqué quand il s'est accroupi pour les ramasser.

— Je suppose que tout ça t'appartient ! il a ironisé. Est-ce que je me trompe ?

Je pouvais pas répondre alors je me suis contenté de baisser la tête.

Il a ouvert un des portefeuilles.

— La photo n'est pas ressemblante ! Et un bougnoule comme toi ne s'appelle sûrement pas Alain comme c'est indiqué là-dessus !

Il a arrondi les yeux et ricané :

— C'est un de mes voisins ! Quelle gueule il se paye sur cette photo !

Il a tiré de l'autre portefeuille un permis de conduire.

— Et ça, c'est à toi, ça ? Tu t'appelles Éléonore ? T'es une femme ?

J'ai secoué la tête.

Il s'est gratté le ventre avec le permis de conduire avant de dire :

— Tu sais…

Puis il m'a brusquement attrapé par les cheveux pour me fixer dans les yeux, coller son nez contre le mien et postillonner :

— Ça va pas être compliqué !

Je l'ai regardé sans comprendre.

— Tu le sais, hein ? il a dit. Ça va pas être compliqué parce que c'est pas compliqué !

Sauf que non. Je savais pas. Je comprenais pas de quoi il parlait.

Il m'a lâché les cheveux pour reprendre sa bière et en avaler une gorgée.

— C'est pas compliqué.

Il a roté bruyamment avant de répéter :

— C'est pas du tout compliqué !

J'ai essayé d'articuler quelques mots, mais aucun son n'est sorti de ma bouche, même en criant, ça restait bloqué dans ma gorge, j'ai agité la tête pour lui faire signe de m'enlever le Scotch, mais il a préféré siroter sa bière, alors je me suis mis à tirer sur mes jambes et mes bras, en me tordant les coudes et les genoux, pour tenter de déchirer les liens, parce que je voyais pas d'autre solution pour me sortir de là, mais ça n'a servi à rien, ça m'a juste scié les chevilles et les poignets, ça n'a servi qu'à l'énerver.

Il a pris mon blouson et m'a fouetté violemment avec. La fermeture Éclair m'a entaillé le nez. J'ai arrêté de remuer.

Il a pointé son index vers moi en écumant.

— Écoute, sale petit voyou, c'est pas compliqué ! Tu vas voir ! C'est pas compliqué !

Il a abandonné mon blouson et a gueulé :

— Tu sais bien ce qu'on fait aux voleurs dans le Coran ?

J'ai encore secoué la tête.

Le type m'a craché dessus :

— C'est pas compliqué ! On leur coupe les doigts !

*

Quand j'étais petit et que ma mère me disait qu'Allah était grand, elle racontait que, dans le Coran, le châtiment réservé aux voleurs était de leur couper *la main*. La main entière, pas seulement *les doigts*.

Ça m'impressionnait tellement que j'en avais parlé à mes potes avant d'aller faucher des bonbons au supermarché. Et j'avais appris que leurs parents leur racontaient exactement la même chose. C'est le genre de légende qui se transmettait de génération en génération, comme la liberté, l'égalité et toutes ces conneries.

J'ai jamais vérifié si c'était dans le Coran. Mais je crois que le type a confondu avec le code d'honneur des yakuzas, vous savez, ces gangsters japonais qu'on voit parfois se couper un doigt dans les films.

Tant mieux. De toute façon, j'avais pas les moyens de le contredire. Et il n'avait pas d'outil assez grand pour me couper la main.

*

Il m'a de nouveau empoigné par les cheveux et il a tiré dessus pour faire basculer la chaise en avant et il m'a traîné comme ça jusque devant le petit meuble à l'autre bout du salon.

J'ai tout de suite vu le sécateur posé dessus. Avec le gros rouleau de Scotch noir dont il avait dû se servir pour m'attacher. « La présence du sécateur prouve que cet homme avait prémédité son acte de barbarie » a déclaré mon avocat.

Je savais que j'étais mal barré mais, quand j'ai vu le sécateur, j'ai vraiment réalisé que j'allais en baver.

Le type a pris le sécateur. Il s'est accroupi. Et il a découpé le Scotch qui liait ma main droite à la chaise.

Je sais pas pourquoi il a choisi la main droite. Peut-être qu'il pensait que j'étais droitier et que ça me punirait davantage. Sauf que je suis gaucher. Ça m'a pas spécialement réconforté mais je me suis dit que c'était moins grave pour moi de perdre les doigts de la main droite.

J'ai pas pu enlever ma main, ni même serrer le poing, parce que mon petit doigt était déjà coincé entre les lames du sécateur.

J'ai eu mal dès que le métal m'a entaillé la chair et a cogné contre l'os. Un expert, mandaté par le juge d'instruction, a certifié que le sécateur était mal affûté. Alors j'ai dérouillé. Sans pouvoir crier à cause du Scotch.

Au moment où les lames ont claqué, je vais pas mentir, j'ai eu si mal que ça m'a fait gicler des larmes des yeux. Ça m'a d'ailleurs fait mal jusque dans le fond des yeux. Ma vue s'est même troublée, c'était bizarre, je me suis mis à tout voir comme si la pièce vibrait sous les arcs d'un fer à souder. Et j'ai eu l'impression de me briser en milliers de morceaux. Ou qu'on me plantait des aiguilles de 220 volts à travers tout le corps.

Pour comparer, ouais, ça m'a fait un peu comme une électrocution. Je sais pas si ça vous est déjà arrivé de vous électrocuter. Moi, ça m'était arrivé une fois, en enfonçant une fourchette dans le grille-pain pour décoincer une tranche, putain, j'avais valsé. Sauf que j'avais lâché la fourchette aussitôt. Alors que là, même après le coup de sécateur, c'était comme si je continuais de frotter cette foutue fourchette contre un câble électrique. Et la douleur est montée en surmultiplié.

J'ai tellement eu mal que ça m'a fait bondir, un réflexe ou quoi, tous mes muscles se sont tendus et tordus dans tous les sens et mon cul s'est carrément soulevé de la chaise et j'ai chaviré en arrière avec ma main droite qui saignait.

Après, je sais pas trop comment je me suis débrouillé mais, en gigotant par terre d'une façon ou d'une autre, j'ai dû étirer mes jambes et je suis arrivé à libérer un de mes pieds. Mon pied gauche, peut-être. C'est tellement confus que, pendant la reconstitution organisée par le juge, j'ai pas su quel pied j'avais sorti en premier.

Mais à partir de là, j'ai fait comme j'ai pu. J'ai d'abord donné un grand coup de talon dans la poitrine du type. Dans la poitrine ou dans la mâchoire, je sais pas. J'ai entendu quelque chose craquer. J'ai entendu le sécateur tomber. Le type s'est effondré sur le côté. J'ai continué à battre les airs avec mon pied sans réussir à l'atteindre. Je l'ai vu s'éloigner à quatre pattes. Alors j'en ai profité pour libérer mon second pied. Et je me suis mis debout en un éclair.

Le type a essayé de se redresser. Près du petit meuble. Pas loin du fusil.

Je vous jure qu'il a tendu un bras vers le fusil.

*

Au tribunal, pour savoir si le type a vraiment tendu son bras vers le fusil comme je le raconte, ça a provoqué un débat interminable. Je vais pas vous soûler avec tous les arguments avancés par mon avocat et celui de la partie civile. Mais aujourd'hui encore, comme je l'ai dit au cours de l'enquête, je suis sûr que si le type avait réussi à s'emparer de son fusil à ce moment-là, il m'aurait tué sans hésiter.

« Il n'est malheureusement plus là pour l'affirmer… a tranché le président du tribunal. Et ce ne sont pas ses intentions, mais les vôtres, que nous devons juger ! Alors c'est à vous que je le demande : avez-vous eu l'intention de le tuer ? »

Mon avocat savait que cette question me serait posée. J'ai répondu ce qu'il m'a conseillé : « Je n'avais pas du tout l'intention de le tuer. » Et je crois que c'est la vérité.

Je dis « je crois » parce que, au moment des faits, à cause de la douleur qui me torpillait de partout, j'ai peut-être eu envie de le tuer. Peut-être. Ça m'étonnerait pas que ça m'ait traversé la tête un quart de seconde. Mais j'en ai pas le souvenir.

Par contre, là où j'ai clairement menti, c'est quand j'ai présenté mes excuses à la famille du type. Sur les recommandations de mon avocat. « Parce que le tribunal est toujours plus clément avec les criminels qui demandent pardon » il m'a garanti. D'accord. Sauf que ça m'a carrément fait chier de m'excuser.

« Je suis pas content de l'avoir tué mais je suis bien content qu'il soit mort » j'ai toujours dit à mon avocat. Il m'a évidemment interdit de le répéter devant la cour. Alors je l'écris maintenant.

*

Le type a tendu un bras vers le fusil, mais j'étais déjà debout et, avec ma main gauche encore attachée au barreau, j'ai fracassé la chaise sur son dos. Sur son dos ou sur sa nuque, j'en sais rien, mais je m'en foutais. Il s'est écroulé à plat ventre. Et j'ai continué à lui taper dessus jusqu'à ce que la chaise se brise. Alors qu'il bougeait plus. J'ai tapé si fort que le Scotch qui retenait ma main gauche a fini par se déchirer tout seul.

J'étouffais parce que j'avais encore le Scotch sur la bouche. J'avais complètement oublié de l'enlever. Ou j'avais pas eu le temps.

Je l'ai arraché. J'ai toussé. J'ai craché.

Et j'ai regardé ma main droite.

Elle saignait « comme vache qui pisse » pour reprendre une formule de mon père. Des flots clairs et vifs. Rouges, sûrement, sauf que je ne distinguais plus le rouge. On dit pourtant qu'on voit rouge, quand on est en colère, mais moi je voyais tout d'un blanc aveuglant à peine contrasté. À cause de la douleur. Ou du choc.

« Le petit doigt a été entièrement sectionné au niveau de la phalange proximale » a diagnostiqué un médecin des urgences quelques heures plus tard.

J'ai enroulé mon blouson autour de ma main sanglante. J'avais mal et j'en pouvais plus. Je me suis assis sur l'accoudoir du fauteuil qui était dans l'angle du salon.

Et j'ai pleuré.

J'ai pris le temps de pleurer.

*

J'ai pas pensé à mon père qui était en train de se coucher. J'ai pas pensé à mes sœurs qui tenaient désormais d'autres mains que les miennes. J'ai pas pensé à mes potes qui devaient fêter la victoire du Real Madrid. J'ai pas pensé aux raisons, à pourquoi ou comment, ni à la suite. J'ai même pas pensé à Fatima.

Voilà le monde, je me suis juste dit, c'est la jungle, c'est la jungle et je suis en plein dedans, il y a des fauves et des serpents et des piranhas, je suis même pas un moustique, il y a de la vase et des épines partout, je sais pas nager et j'arrive même plus à voler, il y a des toiles d'araignées dans le ciel entier et des putains de mygales prêtes à me dévorer, voilà, sans déconner, voilà comment est le monde, rien que des menaces et des douleurs. C'était pas vraiment une surprise, je le savais déjà, ou je croyais le savoir parce que j'avais lu des livres et j'avais vu des films, j'avais vu *Scarface* et un tas d'autres histoires dans lesquelles les criminels ne sont que des chiens aux abois, un peu comme Buck dans *L'Appel de la forêt*, je vous en ai déjà parlé, c'est évident, je me suis identifié à lui parce que je devais me douter que je serais un jour traité comme un chien. Les livres et les films, un voleur qui tombe à genoux ou un chien qui prend des coups, c'est pas seulement des histoires, la preuve, c'est ici et maintenant, le monde est une jungle où je me fais ligoter, où je me fais scotcher la bouche, où je me fais couper un doigt, voilà, c'est la jungle, on le sait, même si ça passe pas à la télé, on le sait depuis le début, on se fait menotter, on se fait étrangler, on se fait abattre comme un chien ou écraser comme un moustique, voilà le monde.

C'est là, dans ce salon pire qu'une prison, assis sur l'accoudoir de ce fauteuil, les pieds dans mon sang, que je m'en suis véritablement rendu compte.

*

Un bruit m'a fait rouvrir les yeux. J'avais dû les fermer sans faire gaffe. Quand je les ai rouverts, le premier truc que j'ai vu, c'est la tête de sanglier fixée au mur. Sauf que c'était pas elle qui grognait. C'était le type, à plat ventre, qui essayait de ramper.

Depuis le début, j'écris « le type » pour parler de cette ordure, mais j'en ai marre de rester poli alors maintenant je vais l'appeler comme il le mérite, c'est pas les insultes qui manquent.

Ce connard venait de me couper un doigt. Il m'en aurait coupé au moins quatre de plus si je lui avais pas échappé. Ce gros bâtard m'aurait même tué.

Le fusil était encore contre le petit meuble, à la verticale, la crosse au sol et le canon vers le plafond.

Je me suis frotté le visage avec mon blouson. Ça a réveillé la douleur dans ma main droite. Elle était moins vive, ou peut-être qu'on s'y habitue, mais je l'ai sentie rejaillir et grimper le long de mon coude pour perforer mon épaule jusque dans mes poumons. Ça m'a fait carrément sauter à pieds joints.

Après, je sais pas, peut-être à cause de la douleur qui a fait monter la haine, je sais pas trop, tant pis, je sais pas expliquer mais je vous raconte.

J'ai empoigné le fusil par le canon. Je l'ai soulevé comme une vilaine massue. Et j'ai abattu la crosse sur la tête de ce putain de sale con. Deux ou trois fois.

« Une dizaine de coups ont été portés sur la victime entre le sommet du crâne et les omoplates » a indiqué le médecin légiste au juge d'instruction. J'avoue que j'ai pas compté. Mais ce médecin a dû inclure les coups que j'avais portés avant avec la chaise.

J'ai fini par lâcher le fusil, à bout de forces.

J'ai regardé l'heure sur mon portable. Il était 1 h 07. Dans la nuit du 18 au 19 avril 2017.

Sur les étagères, les animaux empaillés semblaient hurler. Un renard. Une belette. Un faisan.

J'arrivais pas à réfléchir alors je me suis barré.

*

Je pensais pas du tout qu'il était mort. D'ailleurs, il était peut-être pas encore mort, on peut pas vraiment savoir, vu que le médecin légiste a situé l'heure du décès « entre 1 heure et 3 heures du matin ». J'ai fait remarquer au juge d'instruction que ça manquait de précision. « Le rapport du médecin légiste est suffisamment précis pour démontrer que ce sont vos coups qui ont entraîné sa mort » il m'a répondu.

N'empêche que ce médecin pourrait pas avoir un rôle dans *Les Experts*. Selon mes potes, les détectives de cette série sont capables de définir l'instant de la mort à la seconde près. Même quand ils retrouvent un cadavre éparpillé en morceaux dans des poubelles aux quatre coins de la ville, ils peuvent dire à quel endroit exact la victime a été tuée, comment elle se brossait les dents et pourquoi elle se rongeait les ongles trois jours plus tôt. Bon, j'exagère un peu, mais ils sont très forts.

En tout cas, moi, j'ai même pas soupçonné que cette grosse merde allait mourir. Je regarde peut-être pas assez de séries, faut dire, je regarde plutôt des films. Et vous savez bien, dans les films d'action ou les films d'horreur, les mecs encaissent des coups de dingue, aussi bien des coups de couteau que des coups de marteau, on leur fracasse la tête contre des murs, on leur arrache un œil avec une petite cuillère, ils ont trois balles dans la poitrine et un tournevis planté dans la tempe, mais ils se relèvent toujours. Surtout les pires. Alors j'étais loin d'imaginer que ce connard allait mourir sans bouger. Je craignais plutôt qu'il se relève et se jette sur moi.

*

Je suis sorti du salon. Mes jambes tremblaient. J'ai traversé le vestibule. Mes mains tremblaient. J'ai ouvert la porte. Ma respiration faisait le bruit d'un moteur tournant que sur trois cylindres.

Le couloir était dans le noir. À part le bouton lumineux de l'ascenseur.

Je suis descendu par l'escalier. Lentement. Avec précaution parce que j'avais peur de rater une marche et de m'écrouler sans pouvoir me relever. Une femme de ménage m'aurait retrouvé quelques jours après en astiquant le sol. Comme un chien mort la gueule ouverte. Voilà à quoi je pensais en agrippant la rampe avec ma main valide.

J'ai atteint le rez-de-chaussée sans chavirer. J'ai repris mon souffle devant les rangées de boîtes aux lettres bien alignées. J'ai aperçu ma mâchoire enflée comme une balle de ping-pong dans le reflet d'une vitre.

J'ai pas appuyé sur le bouton qui débloquait la porte de l'immeuble.

Je l'ai ouverte d'un coup de pied.

L'air du dehors m'a fait du bien. Je l'ai senti par tous les pores de ma peau. On aurait dit que je plongeais tout entier dans de l'eau fraîche.

J'ai fait quelques pas et, pour vérifier que tout ça était vrai, pour être sûr que je rêvais pas malgré la douleur qui me prouvait le contraire, pour être certain que ce qui venait de m'arriver m'était vraiment arrivé, j'ai dégagé la main droite de mon blouson pour constater les dégâts.

Et c'est là que j'ai réalisé que j'avais laissé mon doigt là-haut. Le petit doigt que cette ordure m'avait coupé. « Merde, je me suis dit, faut à tout prix que je retourne le ramasser. Sinon on pourra pas me le recoudre. Sans compter que ça fournira aux flics une piste encore plus évidente que des empreintes digitales. »

Sauf que j'ai pas eu le courage de remonter.

Plus rien ne me semblait mériter le moindre effort.

*

J'ai réussi à choper le dernier métro à Saint-Lazare. Il était presque vide. Je me suis assis dans un coin. Mon blouson enroulé autour de ma main droite. Du sang me coulait sur le poignet. Du sang couvrait mon pantalon. Du sang avait giclé jusque sur mon tee-shirt.

Deux mecs et deux filles d'une vingtaine d'années sont montés dans la rame à la station suivante. Ils sont restés debout près de la porte. Ils rigolaient. Ils parlaient fort. Ils revenaient d'une fête ou quoi.

Au bout de quelques stations, un des mecs, visiblement préoccupé par mon état, à cause de ma mâchoire ou des traces de sang, s'est avancé vers moi.

— Ça va ?

— Ça va… j'ai marmonné. Je rentre chez moi…

— T'es sûr ? Tu veux pas qu'on appelle le SAMU ?

J'ai sorti mon portable d'une poche et j'ai dit :

— Je vais le faire…

Le garçon est descendu juste après, à la station Garibaldi, avec ses trois camarades.

— C'est le 15 ! il m'a indiqué avant que les portes se referment.

J'ai pas composé le 15.

J'ai appelé Fatima.

*

Elle est venue me chercher à la sortie du métro Saint-Denis-Porte de Paris.

Mon appel l'avait réveillée et elle avait décroché en panique : « Malik ? Mais ça va pas ou quoi ? Il est 1 h 30 du matin ! Qu'est-ce qui te prend ? » Je me sentais pas de tout lui expliquer au téléphone alors j'avais juste résumé : « On m'a coupé un doigt… Je suis dans le métro… On m'a coupé un doigt et j'ai hyper mal… » Peut-être que je pleurnichais.

J'ai même pas eu assez de force pour sauter par-dessus le tourniquet du métro, d'un seul bond, comme je faisais d'habitude. Ça m'a pris des plombes pour le franchir. À croire que mes jambes pesaient des tonnes, tu parles d'une anguille, je m'étais transformé en éléphant.

Fatima s'est précipitée vers moi. Elle a tout de suite vu que ça n'allait pas. Sûrement à cause de la tronche que j'avais. Ou de ma démarche bancale, parce que j'avais plus aucune énergie, je devais avancer comme un mec ivre mort.

Elle m'a soutenu par la taille et on a marché comme ça ensemble jusqu'à la cité, pendant que je lui racontais ce qui m'était arrivé, j'avais plus trop les idées en place alors je lui ai raconté dans le désordre, ça m'a paru bizarre de faire des phrases pour lui raconter tout ça, je sais pas, c'était un peu comme si, même moi, j'arrivais pas à y croire, elle devait penser que je délirais mais elle m'a pas interrompu, elle était visiblement inquiète, j'aurais dû lui montrer ma main droite pour lui prouver que j'inventais rien, sauf que je l'ai pas fait, je l'ai gardée enveloppée dans mon blouson parce que, sinon, je craignais que mon bras entier tombe par terre, peut-être que je pleurnichais encore.

Normalement, depuis le métro, faut marcher dix minutes pour atteindre notre cité. Mais là, vu mon état, on a dû en mettre deux fois plus. Et on a vu personne.

En arrivant devant le bloc de Fatima, on a décidé de faire une pause, parce que celui où j'habite est un peu plus loin. On s'est assis dans sa cage d'escalier.

Fatima m'a entouré les épaules avec un bras. Elle a passé une main dans mes cheveux. Et elle m'a embrassé sur le front.

— Fais voir… elle a dit au bout d'un moment.

J'ai déroulé le blouson. Le sang avait commencé à sécher et à former des croûtes contre le tissu. Certaines se sont arrachées quand j'ai dégagé ma main et ça s'est remis à couler. J'avais moins mal mais j'ai grimacé, parce qu'on voyait carrément sortir un bout d'os, c'était vraiment pas beau.

Fatima m'a pris le poignet et a examiné ma main sanglante en l'approchant de son visage et, comme pour me soigner ou pour me calmer, elle a collé ses lèvres juste au bord de la plaie pour y déposer un baiser, un peu comme font les parents qui embrassent le genou écorché ou une bosse sur le front de leur gamin, vous savez, comme si ça pouvait enlever la douleur ou quoi, sauf que moi j'avais pas juste une bosse ou une écorchure, j'avais un putain de doigt en moins et j'avais plus l'âge de croire au pouvoir magique des bisous, sans déconner, mais Fatima a gardé longuement ses lèvres sur la plaie et ça a marché, elle a embrassé ma phalange pleine de sang et la douleur s'est envolée, je vous jure.

*

Je sais pas si je devrais raconter ce qui est arrivé juste après, c'est peut-être pas utile, mais j'ai promis de rien cacher alors je m'en fous, je vais le faire, même si je l'ai jamais dit à personne.

Ça m'a excité de voir les lèvres de Fatima couvertes de mon sang, surtout que juste après elle m'a embrassé sur la bouche avec la langue, nos dents se sont cognées, mon sang à la fois sur mes lèvres et sur les siennes, on aurait pu nous prendre pour deux vampires affamés, tout vibrait, tout valdinguait, tout s'élargissait, ça m'a tellement excité que je me suis mis à bander, là, dans l'escalier, alors qu'on venait de me couper le doigt, alors que j'avais cru me faire tuer une heure plus tôt, alors que je m'étais persuadé que la Terre entière était une jungle remplie de merde, ouais, je me suis mis à bander.

Je reconnais que c'était bizarre, dans cette situation, alors j'ai un peu honte mais tant pis, ça fait partie de la liste des plus beaux moments de ma vie.

Sauf que j'ai jamais eu l'occasion d'en parler avec Fatima. Enfin si, j'ai eu l'occasion, mais j'ai jamais osé. Parce qu'après, on s'est plus vus pendant seize mois, à part au procès mais ça compte pas, et maintenant c'est plus pareil.

Là, pourtant, alors que mon sang nous soudait, on s'est embrassés comme si c'était le début d'une grande histoire.

Puis elle a prévenu le SAMU. Et mon père.

On a attendu leur arrivée en se promettant de partir vivre dans la forêt de Sherwood et d'adopter un chien qu'on appellerait Buck.

Tu parles.

*

Aux urgences, j'ai recommencé à avoir mal.

Une infirmière m'a désinfecté la main et l'intérieur de la bouche.

— Que vous est-il arrivé au doigt ?

— Un connard me l'a coupé… je lui ai répondu.

Elle m'a injecté un truc antidouleur. Je me suis endormi sans pouvoir dire un mot à mon père. Il était plus là à mon réveil.

J'étais allongé dans une chambre toute blanche, le lendemain, en slip et en tee-shirt.

Un gros pansement remplaçait mon petit doigt.

J'ai remué la main et les doigts qui me restaient pour voir ce que ça donnait. Ça m'a fait une drôle d'impression. Surtout quand j'ai fermé le poing, merde alors, j'ai tout de suite senti que c'était pas comme avant. Un petit doigt, ça pèse pas lourd mais, un poing sans petit doigt, c'est quand même plus du tout la même chose.

Une énorme aide-soignante est entrée pendant que je tripotais mon pansement.

— Ça m'aurait étonnée ! elle s'est exclamée. Regardez ça ! On lui a dit de ne pas toucher son pansement et qu'est-ce qu'il fait ? Il le touche !

J'ai pas compris pourquoi elle parlait de moi à la troisième personne, comme si elle s'adressait à un public, alors qu'on n'était que tous les deux.

— Je l'ai pourtant averti que, s'il touchait à son pansement, sa main allait s'infecter !

— Vous déconnez ? je lui ai demandé. Où est le docteur ?

Elle s'est enfin adressée à moi normalement :

— Le médecin vous rendra visite cet après-midi. Il a coupé votre phalange à ras pour bien nettoyer et cautériser. Il a soigneusement recousu tout ça alors vous n'avez pas à vous inquiéter… Mais vous ne devez absolument pas toucher ! C'est compris ?

— Oui.

— Vous devriez marcher un peu pour vérifier comment vous vous sentez. Votre père a apporté des habits propres tout à l'heure. Vous arriverez à les enfiler tout seul ?

— J'espère bien…

— Alors je vous laisse. N'hésitez pas à appeler si vous avez besoin de mon aide.

J'ai pu m'habiller sans problème. Fermer la braguette de mon pantalon aussi bien qu'avant. Et même faire mes lacets.

Mais la grosse dame est revenue pour me dire :

— Vous devez attendre sagement dans votre chambre ! La police va arriver.

— La police ? j'ai réagi.

Elle s'est aperçue que je flippais alors elle a essayé de plaisanter :

— Tout à fait. J'ai alerté le commissaire parce que vous touchiez votre pansement. Il va donc probablement vous passer les menottes.

Et elle est ressortie en rigolant comme une baleine.

J'ai ouvert la fenêtre. La chambre était au deuxième étage. J'ai enjambé la rambarde et je suis descendu le long du mur en m'agrippant aux stores et à tous les rebords qui offraient une prise. Mes réflexes d'araignée intacts malgré mon petit doigt en moins. J'ai atterri en bas en deux temps trois mouvements.

*

J'aurais pas dû me tirer, évidemment, parce que quand les flics m'ont serré deux heures après, ils m'ont collé en plus un « délit de fuite ».

Mais la police, tout le monde le sait, vaut mieux s'en méfier, ici comme ailleurs, encore plus quand on ressemble à un Arabe comme moi. Se méfier des flics, pour moi et mes potes, vu que nos parents et nos grands-parents s'en méfiaient déjà, ça fait un peu partie de notre héritage culturel, ouais, comme éviter de bouffer du cochon et toutes les conneries de la religion. Sauf que, la religion, on n'est pas obligés d'y croire. Alors que les flics, même si un tas de films veulent nous les faire passer pour des héros, on peut avoir aucun doute sur leur compte. Surtout quand on habite mon quartier.

Alors même après ce qui venait de m'arriver, même si je me considérais plutôt comme une victime avec mon doigt coupé, ça m'a pas rassuré de savoir que la police allait débarquer dans ma chambre d'hôpital, au contraire, je me suis dit que ça risquait d'être encore pire.

*

Quand j'ai regagné la cité, je les ai repérés, ils ratissaient déjà le secteur à l'intérieur d'une voiture banalisée. Ces bâtards se croyaient discrets, mais leur façon de glisser le long des trottoirs ne trompait personne. Surtout pas moi.

Je me suis faufilé vers le bar de mon père. Pour tout lui raconter. Sans savoir comment il allait le prendre.

La sonnerie de mon téléphone m'a fait sursauter. Je me suis accroupi derrière une bagnole pour décrocher. C'était Ianis.

— Malik ! il m'a prévenu. Les flics te cherchent !

— Ouais. Je suis au courant…

— Ils disent que t'as tué quelqu'un !

J'ai bien entendu. Mais je crois pas avoir compris. Ou je me suis dit qu'on lui avait raconté n'importe quoi. J'avais pas envie de traîner, alors j'ai raccroché et je suis rentré dans le bar.

Mon père a arrondi les yeux, j'ai pas eu le temps de dire un mot, il a contourné le comptoir pour se jeter sur moi et m'attraper par le cou en hurlant :

— Qu'est-ce que tu as fait ?

— Rien du tout… j'ai aussitôt répondu comme un coupable.

Il m'a envoyé une grosse gifle. Du genre à m'arracher la tête. J'ai pas compris. J'ai seulement compris qu'il était énervé parce que, généralement, cogner, c'est pas trop le style de mon père.

*

Juste quelques lignes pour vous raconter les rares fois où, avant ça, il m'a foutu « une trempe » ou « une rouste » comme il dit.

La première fois, c'est quand ma plus petite sœur Djamila est née. J'étais vachement déçu parce que je m'attendais à un petit frère. Alors j'avais tiré les cheveux de mon autre sœur, Yasmina, qui avait deux ans. Et mon père m'avait filé une série de beignes dont je me souviens encore. Après ça, j'ai plus jamais fait chier mes sœurs.

La deuxième fois, je crois que j'étais en CM1, j'avais oublié d'apprendre une récitation pour l'école. La maîtresse l'avait signalé en rouge dans mon carnet. Ça avait mis mon père en rage. Je peux vous dire qu'après la rouste, je l'ai apprise par cœur, cette poésie. Je la connais même encore aujourd'hui : *Le Cancre* de Jacques Prévert. « *Il dit non avec la tête mais il dit oui avec le cœur…* » Tu parles.

Et la troisième fois, je sais plus quel âge j'avais, c'est parce que j'avais fauché deux cornes de gazelle que ma mère avait préparées pour je sais plus quelle fête. Je les avais prises sans demander l'autorisation et je les avais bouffées comme un chacal. Mon père s'en était rendu compte alors j'avais eu droit à une trempe. Sauf que celle-là, après, elle m'a pas empêché de voler.

*

Dans le bar, sa gifle, celle qui a failli m'arracher la tête, je l'ai pas vue venir. Mais j'ai pu parer les suivantes avec mes bras. Il en balançait de tous les côtés en répétant : « Qu'est-ce que tu as fait ? Qu'est-ce que tu as fait ? » sans me laisser répondre. J'ai reculé et je me suis aperçu qu'il pleurait. Ça m'a fait baisser les bras.

Je suis sorti et j'ai attendu que les flics viennent me choper juste devant le bar. Ianis et Kader et pas mal de gens étaient là sur le trottoir. Pour attendre avec moi ou pour mater la scène. Les nouvelles circulent vite dans le quartier.

— Les voilà ! a annoncé quelqu'un.

Un balèze à moustache a jailli de la bagnole de police.

— Malik Taghari ?

— Ouais… j'ai confirmé sans chercher à m'échapper.

Le balèze m'a agrippé par la nuque et m'a projeté sur la banquette arrière. J'ai à peine eu le temps de crier « Sale bâtard ! » pour épater la galerie.

Les flics ont pas mis le gyrophare. Ni la sirène. Ça m'a un peu déçu. Mais les pneus de leur caisse ont crissé durant tout le trajet qui relie la cité au commissariat.

Ils m'ont fait vider mes poches. J'avais rien dedans à part deux vieux tickets de métro et mon portable. Ils m'ont conduit dans un petit bureau. Devant un lieutenant dont les grosses lunettes noires déformaient mon reflet comme un œil de poisson.

J'ai dû répondre à une série de questions administratives. Mes réponses étaient brèves, mais il mettait un bon bout de temps pour taper sur les touches de son clavier.

— C'est étonnant… il a fini par dire en consultant son écran. Tu étais jusqu'à présent inconnu des services de police…

Et il a tourné la tête vers moi, pour m'examiner je suppose, mais je pouvais pas voir ses yeux à travers ses lunettes noires.

— Alors, mon bonhomme ?

— Alors quoi ? je lui ai fait.

— Pourquoi tu l'as tué ?

— Qu'est-ce que vous racontez ? j'ai réagi. J'ai tué personne !

Ses lunettes noires me donnaient envie de faire des grimaces, mais valait mieux pas que je déconne. Le balèze à moustache est revenu dans le bureau pour lui tendre une enveloppe en papier kraft. Une coulée de sueur a tiré un trait dans mon dos.

Le lieutenant a agité l'enveloppe sous mon nez.

— Tu sais ce qu'il y a là-dedans ?

J'ai secoué la tête mais, quand il a sorti de l'enveloppe un sachet en plastique, j'ai aussitôt deviné. C'était mon petit doigt coupé. Même si je l'ai pas reconnu. Il était moche, à la fois jaune et vert, marbré de violet. Il y avait aussi quelques éclats d'os blancs dans le sachet. Et un caillot de sang qui avait noirci.

*

J'ai passé la nuit dans une cellule du commissariat. Sans vraiment réaliser ce qui allait m'arriver à partir de là. Les flics venaient de m'apprendre que le type était mort et que j'allais être inculpé de meurtre. Mais j'ai pas si mal dormi. J'étais même plutôt content que ce fumier soit mort.

Ils m'ont présenté au juge d'instruction dès le lendemain. Je lui ai raconté comment s'étaient passées les choses. Avec le plus de précision possible. La porte, le vestibule, la lumière, les animaux empaillés, le fusil, le Scotch, « bougnoule », « c'est pas compliqué », la peur, le sécateur, la douleur, le coup de pied, les coups de chaise, le sang, la fatigue, le retour en métro, tout. Ou presque tout. Pas la scène dans la cage d'escalier de Fatima.

« Je voulais pas faire quelque chose de grave… » j'ai dit. « Voler, c'est déjà grave ! m'a sermonné le juge d'instruction. Et vous avez commis un crime bien pire ! »

Il m'a directement fait enfermer à la maison d'arrêt de Villepinte. En attendant de constituer le dossier. Je suis resté quarante jours dans le quartier pour mineurs de cette taule. C'était bien pourri.

Heureusement que mon père est venu me voir tous les mercredis. En attendant le procès.

C'est mon père qui s'est occupé de tout pour le procès. Pour obtenir l'aide juridictionnelle et trouver un avocat valable. Avec l'aide de ses anciens collègues de la CGT, le syndicat qui l'a toujours aidé quand il bossait sur les chantiers, je sais plus si je vous ai déjà dit qu'il était marteau-piqueur avant de reprendre le bar du quartier.

Les grandes lignes du procès, en revanche, je vous les ai déjà racontées. De façon un peu désordonnée mais, tant pis, je vais pas répéter. Il a eu lieu les 30 et 31 mai 2017. Devant la cour d'assises de Bobigny. À huis clos parce que j'étais mineur.

Ce que je vous ai pas encore appris, je crois, c'est la sentence : trois ans, dont la moitié ferme, l'autre avec sursis. Mon avocat a considéré ça comme une victoire. Parce que je sortirais avant mes dix-huit ans alors que j'aurais pu prendre vingt ans. Mais ça m'a pas spécialement emballé. Surtout que, pour effectuer ma peine, je sais pas trop pourquoi, peut-être à cause des places disponibles, ils m'ont envoyé à l'EPM de Marseille.

*

N'allez pas croire que c'est en prison que j'ai commencé à réfléchir à un attentat. Pas du tout. Je le précise parce qu'on entend souvent que, en prison, on subit la mauvaise influence des autres prisonniers. Et que, en sortant, les criminels sont pires qu'avant. Je sais pas. Mais moi, c'est pas mon cas, au contraire.

La prison m'a plutôt permis de me calmer et de me concentrer sur les études. Enfin, pas vraiment la prison, mais les profs et le proviseur de la prison. Parce que ouais, à l'EPM, il y avait des profs bien mieux qu'au lycée. Et même le proviseur était cool. « Apprendre n'est pas une punition et c'est la meilleure occupation que vous trouverez ici… » il disait aux détenus. Ou encore : « Ici, toutes les portes sont fermées, sauf celles de la connaissance ! »

En tout cas, en sortant, j'avais pas envie de tout saccager. J'imaginais peut-être trop de choses, je me faisais peut-être trop de films, j'avais peut-être trop d'espoir. C'est plus tard que je me suis mis à ruminer. Quand j'ai réalisé que rien ne me convenait et qu'il valait mieux tout faire exploser.

*

La prison, sans déconner, j'ai trouvé ça super. Bon, j'exagère un peu, j'y passerai pas mes vacances, mais c'était quand même pas mal. Je m'attendais à pire.

Surtout après être passé par le quartier pour mineurs de Villepinte qui était carrément pourri.

Alors que là, à l'EPM de Marseille, c'était plutôt propre et tranquille. Les murs avaient des couleurs vives et il y avait un immense terrain de gazon pour nous, ouais, je mens pas, du vrai gazon bien vert et bien taillé. Et on n'était qu'un seul par cellule. C'est normal, vous me direz, c'est des cellules individuelles. Sauf que, à Villepinte, c'est des cellules pour deux et on était trois ou quatre dedans.

Je crois pas m'être ennuyé beaucoup à l'EPM. Ou je m'en souviens pas. Faut dire que je lisais vachement. Il y avait une bibliothèque, avec moins de livres qu'à la médiathèque de ma cité, mais j'ai lu trois fois plus que d'habitude.

J'ai lu presque vingt livres là-bas. J'ai lu *L'Enfant* de Jules Vallès, j'ai lu *Des souris et des hommes* de Steinbeck, j'ai lu *Imbroglio negro* de je sais plus qui. J'ai même relu *L'Appel de la forêt* de Jack London. Et pas juste pour passer le temps, mais parce que ça me plaisait.

J'ai écrit pas mal de lettres, aussi, vu que personne pouvait venir me voir souvent à Marseille.

À mon père. Régulièrement. Pour lui raconter comment ça se passait. Et lui dire que je l'aimais. Je crois que je lui avais jamais dit. Et je lui ai pas redit depuis que je suis sorti. Mais je lui redirai avant que je parte tout faire cramer.

À mes potes. Deux ou trois fois. Pour leur dire qu'ils me manquaient. Ces cons m'ont répondu sur une affreuse carte postale qui représentait une femme à poil.

Et à Fatima. Un tas de fois. Pour lui raconter les histoires que je lisais. Ce que les profs me faisaient étudier. Et lui dire que je pensais à elle. Et que plus tard, peut-être que j'écrirais des livres, comme Jack London, parce que lui aussi était allé en prison quand il était jeune.

Elle me répondait souvent. Au début. Puis de moins en moins.

*

Ce qui m'a surtout plu, en prison, c'est les profs. M. Cavalier, le prof de français, qui avait trente ans mais déjà les cheveux gris comme du crayon à papier. Mme Kowalski, la prof de maths, qui a réussi à enseigner le calcul des probabilités à tous les détenus, même aux pires abrutis, et ils étaient nombreux. On avait aussi un prof d'anglais, j'ai oublié son nom, il nous montrait des films américains qui se passaient tous en prison comme *Walk the Line* ou *The Blues Brothers*.

Il manquait un prof de sport, alors c'était un gardien qui s'y collait. Un mec comme une armoire avec qui fallait pas faire le malin. Mais il était quand même sympa avec nous. Il s'appelait Aimable, sans déconner, c'est pas un prénom terrible pour un gardien de prison. Il nous a accompagnés dans les

Alpes. Je vais pas tarder à vous raconter ce voyage mais, là, je finis de décrire un peu l'EPM.

On était à peu près quarante-cinq détenus. Pratiquement que des fils ou des petits-fils d'Arabes, comme moi, plus quelques Blacks et quelques Gitans. Pour tout vous dire, il y avait un seul Blanc, un grand blond tout maigre du genre innocent. Sauf qu'il avait utilisé une carabine pour canarder des voitures sur une autoroute.

C'était moi le plus jeune, là-dedans, mais j'étais le seul à avoir atteint le lycée. La plupart des autres avaient abandonné l'école depuis longtemps. Ou alors ils préparaient un CAP ou un truc du genre. Certains savaient même pas lire. Fallait tout leur rapprendre depuis la maternelle. Et même parler, je vous jure, ils savaient pas non plus.

Il y avait un Gitan, par exemple, au lieu de dire « Va-t'en ! », il disait « En va toi ! ». Et « J'y suis pas été » à la place de « J'y suis pas allé ». La seule chose qu'il savait dire sans faire de faute, c'est quand on l'énervait, il gueulait « Lèche la sueur de mes couilles ! » On le surnommait le Poète.

*

Là où on s'est marrés, c'est quand M. Cavalier nous a organisé un atelier théâtre, avec un vrai comédien qui est venu tous les matins pendant une semaine. Il s'appelait Chad et il nous a fait faire de l'improvisation. Même ceux qui savaient pas lire pouvaient participer.

Pour vous raconter un peu, une fois, il nous a imaginé cette situation : « Vous allez tous jouer votre propre rôle… À part Malik qui, lui, va jouer le président de la République en visite officielle à l'EPM. Il vient rencontrer les jeunes détenus que vous êtes. Vous allez donc discuter avec lui… » Le président de la République, personne l'aimait parmi nous, mais tout le monde a voulu jouer son rôle à ma place. Sauf le Poète qui a demandé : « Est-ce que je peux dire au Président de lécher la sueur de mes couilles ? » « À tes risques et périls, a répondu Chad, car Aimable va interpréter l'agent de sécurité du chef de l'État. »

Je me souviens pas de toutes les conneries qu'on a pu sortir mais ça fusait.

— Sortez-moi de là, monsieur le Président, et je promets que je voterai pour vous !

— Je ne peux ordonner votre libération… j'ai improvisé. Car on vous a enfermé pour protéger la société française de vos crimes…

— Mais monsieur le Président, votre politique, qui provoque le chômage et la misère, est pire que nos crimes. Alors pourquoi on vous enferme pas ?

— Permettez-moi de vous rétorquer que j'ai été élu par les citoyens. Et que je n'ai tué personne !

Quand j'ai répondu ça, évidemment, les autres ont tous rigolé parce que, dans le groupe de cet atelier, j'étais le seul à avoir tué quelqu'un.

— Est-ce que vous allez parfois aux putes, monsieur le Président ? a demandé un autre.

— Dans mon milieu, il s'agit de « *call-girls* », mais je ne suis pas là pour vous confier ma vie privée… Et dites-vous bien que vous avez de la chance d'être ici. On vous propose des ateliers de théâtre, on vous fait l'école, on vous nourrit…

— Ça se voit que vous avez jamais mangé à notre cantine, monsieur le Président !

— C'est vrai… Mais ne croyez pas que je me la coule douce comme vous ! J'ai de grosses responsabilités, je dois gérer le pays, c'est un travail difficile.

— Je veux bien gérer le pays à votre place, monsieur le Président ! Je vous propose d'échanger… Vous ici et moi à l'Élysée. Pour qu'on voie la différence !

— Eh bien, jeune homme, pas de problème, c'est entendu !

— Mais je veux choisir les « *call-girls* » !

Bon, raconté comme ça, c'est peut-être pas aussi marrant, il aurait mieux valu filmer, mais on s'est vraiment bien éclatés.

*

Le seul problème, en prison, c'est qu'il y a quand même pas mal de cons, avec que de l'eau dans le cerveau, ou « finis au pipi » comme dit mon père.

Les détenus, je vous jure, ils s'intéressaient pas à grand-chose. À part aux résultats de l'OM. Leur grand rêve, c'était que l'Olympique de Marseille remporte une nouvelle Coupe d'Europe. Et c'est pas passé loin, en 2018, quand j'étais avec eux en prison, je me souviens, le directeur avait carrément fait installer un écran sur le gazon pour qu'on regarde la finale. Mais ils ont perdu et on aurait dit la fin du monde.

Ou alors, ce qui les faisait kiffer, c'était de devenir millionnaires. Pour se payer une Porsche ou ce genre de bagnole de marque à la con et le dernier iPhone ou quoi.

Mais pour participer à l'atelier théâtre, sur les quarante-cinq détenus, on n'était que huit volontaires. Et on n'a pas manqué de passer pour des pédés. De toute façon, même grimper sur un sommet à 3 500 mètres d'altitude, ça les intéressait pas plus. C'est pourtant pas réservé aux tapettes.

Quand le directeur a demandé qui se sentait motivé par une longue randonnée en montagne, je pensais que tout le monde allait lever le doigt et qu'on allait devoir batailler, mais non, on était même pas douze à vouloir y aller. La plupart s'en foutaient. Et les autres râlaient : « Je préférerais aller voir ma famille ! » « Vous pouvez pas plutôt nous organiser un voyage à Dubaï ? » « Ou nous emmener au stade Vélodrome pour voir le prochain match de l'OM ! »

À croire qu'il y a autant de cons en prison que chez les flics ou les militaires.

Alors voilà, comme je vous disais tout à l'heure, c'était pas le genre de mecs qui pouvaient m'influencer.

*

Il y avait pas mal de cinglés plus ou moins méchants, là-dedans, mais personne m'a trop fait chier. À part un dingue du Coran qui m'insultait et me menaçait chaque fois qu'il m'apercevait. Parce que je le traitais de juif.

Il s'appelait Slimane et, pour l'énerver, je le surnommais Salomon. Putain, il aimait pas, ça lui foutait la haine. Un midi, à la cantine, il s'est carrément jeté sur moi. Il m'aurait étranglé si les gardiens l'avaient pas retenu. Mais ça s'est détendu quand il est parti dans les Alpes avec nous.

Sinon, avec les autres, j'ai pas eu de problèmes. Ils m'ont juste taclé parce que, comme je venais de Paris et qu'ils étaient tous de Marseille, ils croyaient que j'étais fan du PSG. Et au début, à cause de mon petit doigt en moins, ils se foutaient tous de ma gueule. « Comment tu fais pour te branler ? » ils ricanaient. « Je suis gaucher » je me contentais de leur répondre.

*

Sans vous donner trop de détails, quand je me branlais dans ma cellule, je pensais uniquement à Fatima. Je nous revoyais dans sa cage d'escalier et je la revoyais embrasser la plaie de ma phalange avec ses lèvres couvertes de sang. Ouais.

*

Mais ce qui m'a le plus plu, à l'EPM, c'est notre voyage dans les Alpes, quand on a grimpé sur l'Étendard, à 3 500 mètres, ça me colle encore des frissons dès que j'y pense.

C'était un « projet pédagogique » mis en place par le proviseur et le directeur. Pour nous faire « respirer le grand air ». Pour nous faire « découvrir d'autres horizons ». Et pour nous faire « envisager une vie meilleure ». Ou au moins pour essayer.

Je cite les formules entre guillemets parce que c'est le directeur qui nous les a sorties avant notre départ. « J'ai passé plus d'un an à convaincre les juges et les autorités de l'intérêt de ce projet…

il a ajouté. Alors je compte sur vous pour vous comporter de façon irréprochable. » Franchement, le temps qu'il y avait passé, on en avait rien à foutre. Mais on lui a promis d'être sages. Et là-bas, je vous jure, ça nous a tellement plu et c'est passé tellement vite qu'on n'a même pas pensé à faire des conneries.

*

On est partis là-bas cinq jours. Du 3 au 8 juin 2018. Je savais pas encore que j'allais sortir moins de trois mois plus tard. Je savais juste que je devais passer le bac de français le 18 juin.

Comme je l'ai déjà dit, quand ils nous l'ont proposé, on était douze à lever le doigt pour cette expédition. Mais ils en ont pris que six. Parce qu'il fallait un seul mineur par adulte et ils ont pas trouvé assez de volontaires pour nous accompagner. Faut dire que les adultes sont pas nombreux à vouloir sortir avec des mineurs comme nous.

Le directeur a choisi les détenus les plus motivés et les moins chiants.

Avec moi, il y avait Jordan, un Gitan qui se la pétait beau gosse mais qui était sympa avec tout le monde. Slimane, le dingue dont je vous ai déjà parlé, qui se vantait de connaître les montagnes du Waziristan, je sais même pas où c'est. Adel et Imad, deux mecs que j'avais à peine remarqués. Et Youssouf.

Youssouf, c'était un Noir avec qui on rigolait bien. Et il savait lire. Mais contrairement à moi qui lisais que des romans, lui, il lisait des livres de sciences sur l'univers et tout ça. Il avait pris cinq ans ferme pour un braquage à main armée raté. Parce qu'il avait tiré sur des flics. Sans les toucher, mais c'était des flics.

Comme adultes, il y avait notre prof M. Cavalier, notre gardien Aimable, un éducateur qui s'appelait Benji et un flic de Marseille qu'on n'avait jamais vu.

Benji et le flic se sont relayés pour nous conduire jusque là-bas. Dans une espèce de minibus. Pas vraiment un panier à salade, mais il y avait des grilles aux fenêtres. Au cas où. Et quand on voulait pisser pendant le trajet, sur une aire d'autoroute ou ailleurs, on devait y aller que un par un. Avec Aimable pour nous surveiller.

Le village où on s'est rendus, dans le département de la Savoie, il s'appelle Saint-Jean-d'Arves. Au début, on a compris Saint-Gendarme, merde alors. Ça nous plaisait pas trop comme nom de village.

Deux autres adultes nous y attendaient. Un gendarme du coin, qui portait un uniforme couvert de médailles. Et Laurent, le guide de haute montagne, qui nous a accueillis torse nu. Ils avaient l'air « aussi différents qu'un nazi et un hippie » aurait dit mon père, mais on s'est vite aperçus qu'ils s'entendaient « comme cul et chemise », encore une expression de mon père.

— Bienvenue ! nous a dit Laurent. Regardez autour de vous ! C'est pas beau ? C'est la montagne ! C'est pas le bagne !

— Mais ça peut le devenir si vous faites n'importe quoi ! nous a jeté le gendarme en caressant ses médailles. L'été dernier, on a sauvé un inconscient qui confondait les Alpes et Disneyland, il est resté trois jours emprisonné sous des rochers... Et il a dû boire son urine pour éviter de mourir de soif !

— Ça fait plus d'un an que je suis emprisonné à l'EPM et je suis sûr que mon urine est meilleure que les plats de la cantine... j'ai lancé.

Aimable m'a filé une beigne sur le crâne. Le gendarme et le guide ont souri.

*

Les deux premiers jours, pour nous tester, ils nous ont fait monter sur des cols de moyenne montagne. Quatre heures de marche la première journée et sept heures le lendemain. Franchement, ça grimpait. Et aucun d'entre nous ne s'était encore jamais retrouvé sur des pentes aussi raides, ni sur des sentiers aussi longs et tordus, aucun d'entre nous n'avait d'ailleurs jamais mis les pieds à la montagne. Même les mecs de Marseille, qui habitent pourtant plus près des Alpes que moi à Paris.

Il y a pas de cols ou de sommets enneigés autour de chez moi. Les rues de mon quartier sont aussi plates que les couloirs du métro. Et la butte Montmartre, laissez-moi rigoler.

Je suis pas du genre à râler dès que les escalators tombent en panne, je vous ai même dit que j'aimais escalader les toits de mon école, mais ils étaient pas à 1 500 mètres d'altitude comme Saint-Jean-d'Arves, alors monter jusqu'au col des Balmettes, à 2 438 mètres, ça m'a fait transpirer.

Mais ça m'a fait kiffer. Et ça nous a tous fait kiffer. Tellement on était contents d'être ailleurs.

Celui qui en a bavé, bien plus que nous, c'est Aimable. Il soufflait comme un moteur en surchauffe et il arrêtait pas de se plaindre. « Vivement que je prenne des vacances ! » il gémissait en crachant ses poumons.

Alors que pour moi, ça ressemblait justement à des vacances. Des vraies vacances, je veux dire. C'est-à-dire pas comme d'habitude, pas rester à traîner dans ma cité quand l'école est fermée, mais partir, pas forcément loin, partir dans un bel endroit, pour faire autre chose que tenir les murs. Et pour voir d'autres trucs. Des trucs bien, pas comme mes potes Zak et Kader qui vont chaque été au bled avec leurs parents, ça les fait toujours chier, ils disent que c'est pourri. Je sais pas si c'est vrai, je suis jamais allé en Algérie, mon père a pas de famille là-bas, ou alors ma mère mais, je vous ai déjà raconté, c'est pas possible. En tout cas, d'après Kader et Zak, c'est nul, c'est tellement nul qu'ils sont toujours contents de revenir à Saint-Denis, alors c'est pas vraiment des vacances pour eux. Des vraies vacances, au contraire, on n'a pas envie qu'elles se terminent, c'est tellement super qu'on voit pas le temps passer. C'est ça qui nous est arrivé dans les Alpes. On a pourtant transpiré et on s'est pourtant levés tôt. Mais on était si bien et c'était si beau qu'on a écarquillé les yeux et qu'on a eu l'impression d'halluciner, là-bas, comme si c'était pas réel et que ça pouvait même pas exister.

C'est presque marrant, il a fallu que j'aille en prison pour découvrir les vacances. J'étais jamais parti, avant. À part la fois où mon père m'avait emmené voir la mer. À Deauville. Juste un après-midi.

*

Mon père, des vacances, ou des « congés » comme il dit, il en a jamais pris beaucoup. Ni quand il travaillait sur les chantiers, encore moins depuis qu'il tient son bar. Il lui arrive bien de fermer, un jour par-ci, deux jours par-là, mais c'est juste pour se reposer, pas pour partir. Quand il ferme, il dort devant la télé, il bouge pas, sauf pour se rouler un pétard de temps en temps. Ou des fois, sans prévenir, il décide de m'emmener au cinéma.

Quand je suis rentré en cinquième, ça faisait deux mois que ma mère et mes sœurs nous avaient quittés pour filer en Algérie, un prof d'histoire-géo a demandé aux élèves de ma classe : « Qui parmi vous a déjà vu la mer ? » La plupart ont levé le doigt, évidemment, ils avaient traversé plusieurs fois la Méditerranée pour aller au bled en famille. Mais pas moi. J'avais encore jamais vu la mer.

J'ai toujours appris à pas réclamer, avec mon père, mais là j'ai fait une exception. « Et puis quoi ? il a râlé. La Méditerranée est beaucoup trop loin ! » Sauf qu'il a fini par plier : « Si tu veux, mercredi après-midi, on ira à Deauville. C'est pas la Méditerranée, c'est la Manche. Mais c'est plus près de Paris et tout le monde dit que c'est joli. » Ça m'a emballé.

C'était en septembre 2013. On s'est garés devant un grand hôtel qui s'appelait Le Royal. La plage était presque déserte et il faisait beau. On a regardé la mer. Immense et calme. Des franges d'écume. Les reflets instables du soleil. Et la courbe de l'horizon qui prouve que la Terre est ronde.

— Tu vas pas te baigner ? a demandé mon père au bout d'un moment.

Je lui ai tourné le dos pour enfiler mon maillot de bain.

— Qu'est-ce que tu caches ? il s'est moqué. Ta bite est exactement comme la mienne !

J'ai haussé les épaules et j'ai couru vers la mer. L'eau était fraîche mais pas froide. J'ai crié et j'ai plongé. Des picotements partout sur ma peau. J'ai crié et j'ai ri tout seul. Ébloui par le soleil quand j'ai sorti la tête de l'eau.

— Allez, papa, viens !

Il a retroussé les jambes de son pantalon pour tremper seulement ses pieds. Il est resté au bord à me regarder. Il souriait.

Après, dans une boutique qui donnait sur la plage, il nous a payé un cornet de glace et une gaufre. On les a dégustés en marchant pieds nus dans le sable au bord de l'eau. Entre la mer et les villas.

On était juste comme des touristes mais, tout à coup, deux flics surgis de nulle part ont traversé la plage pour foncer vers nous.

— Qu'est-ce que vous faites ici ? ils ont aboyé.

Peut-être qu'on regardait les villas avec trop d'insistance. Tu parles.

— Je me promène avec mon fils… leur a dit mon père.

Ils lui ont demandé ses papiers.

— Vous habitez Saint-Denis ?

— Oui.

Ils ont passé un appel pour vérifier s'il était pas recherché ou quoi. Ils ont raccroché en grimaçant.

— Comment vous êtes venus ici ?

— En voiture.

— Où est votre voiture ?

— Je l'ai garée dans la rue parallèle à la plage.

— Allons voir ça !

On a dû les accompagner jusqu'à notre vieille Twingo. Ils ont examiné la carte grise, le contrôle technique, le ticket de stationnement. Ils nous ont fait ouvrir le coffre et le capot du moteur pour fouiller dedans. Ils ont aussi contrôlé les pneus, les feux, tout ce qui pouvait mériter une amende. Mais tout était en règle. Ils sont partis sans un mot.

On a regagné la plage et, cette fois, mon père s'est baigné jusqu'aux genoux. Je l'ai éclaboussé pour lui éviter de ruminer la scène des flics. Il m'a canardé avec du sable mouillé. On a roulé entièrement dans l'eau sans se déshabiller. À nager et cabrioler comme des otaries.

On s'est étendus au soleil pour sécher.

— Mets ta casquette ou tu vas attraper une insolation ! il m'a conseillé.

Je lui ai obéi. Il portait un bob Havana Club, la marque du rhum qu'il servait dans son bar, ça lui faisait une drôle de tête.

On est restés allongés sur le sable. L'un près de l'autre. Sans beaucoup parler.

On s'est relevés pour jeter un œil sur la carte de l'hôtel Royal. Il y avait des cocktails à 20 euros. Sans déconner. Les mêmes que mon père faisait à 6 euros. On a préféré manger des moules-frites dans un petit troquet bon marché.

On a repris la voiture après la nuit tombée.

— C'était bien ! je lui ai fait remarquer.

— C'était bien… il a reconnu.

— On reviendra ?

— On reviendra… il a dit.

Mais on s'est fait arrêter à la sortie de la ville. Par des gendarmes, cette fois. Et on a eu droit au même cirque. Contrôle des papiers et du véhicule. Plus les tests d'alcoolémie et de toxicologie. Mon père a transpiré quand ils lui ont mis le bâtonnet dans la bouche. Mais miracle : le test était négatif.

Sauf que ça les a rendus encore plus méfiants. Ces cons ont même vérifié l'intensité des phares et le taux de carbone rejeté par notre pot d'échappement. Sans rien trouver non plus.

— Bonne route ! a conclu l'un d'entre eux comme s'il nous disait : « Allez vous faire foutre ! »

On n'y est jamais retournés.

*

Mais faut maintenant que je vous raconte mon ascension de l'Étendard, dans les Alpes, le 7 juin 2018, avec la bande de l'EPM.

Il va y avoir pas mal de noms de cols et de lacs alors, pour mieux vous repérer, je vais vous indiquer les altitudes entre parenthèses. C'était il y a deux ans mais je m'en souviens hyper bien. Je viens juste de consulter Google Maps pour retrouver le lac Blanc et le lac Tournant parce que je confondais les deux.

Pour commencer, la veille, on est partis du col de la Croix de Fer (2 000 m). De là, on a suivi une longue piste de cailloux pour atteindre le col Nord des Lacs (2 500 m). Et on est descendus vers le lac Bramant (2 400 m). Jusqu'au refuge où il fallait passer la nuit.

Environ deux heures de marche pour y arriver. Tranquille. Valait mieux pas trop forcer parce que, le lendemain, ça allait pas être la même chanson.

On a fait griller des merguez au feu de bois. On a enroulé des patates dans du papier alu et on les a enterrées sous les braises pour les faire cuire. On s'est régalés.

Mais on n'a pas traîné à cause du froid qui nous est tombé dessus. On a couché dans le dortoir du refuge. Qui puait plus que nos cellules mais on s'en foutait.

— Vous voulez pas jeter un œil aux étoiles ? nous a proposé Laurent. Peut-être que vous n'aurez jamais l'occasion de les voir aussi bien qu'ici !

La plupart d'entre nous dormaient déjà mais, Youssouf et moi, on est sortis pour regarder le ciel.

— Si vous voyez une étoile filante, faites un vœu, et il se réalisera ! a assuré le gendarme de Savoie.

— Si un vœu pouvait les empêcher de faire des conneries… a soupiré le flic de Marseille.

*

J'avais jamais vu une seule étoile filante, avant ça, je me demandais même ce que c'était. Mais je vous jure que j'en ai vu une, ce soir-là, comme un vif trait lumineux dans l'espace.

Sauf que, un vœu, je savais pas comment ça se formulait. S'il fallait commencer par dire « Je veux » ou « Je voudrais », s'il fallait être poli ou quoi, ni s'il fallait demander quelque chose de précis. Alors ça m'a carrément pris au dépourvu quand j'ai vu filer cette étoile. Et j'ai seulement pensé : « J'espère que Fatima sera encore amoureuse de moi quand je sortirai de prison. »

— Tu l'as vue ? a aussitôt bondi Youssouf.

— Ouais…

— Moi aussi. J'ai souhaité que tous les habitants de la planète soient libres et égaux.

Merde alors. Je m'en suis voulu de pas avoir pensé à un truc pareil. Le vœu de Youssouf était vachement plus généreux que le mien.

Mais de toute façon, faut pas rêver, ni le sien ni le mien se sont réalisés.

*

Le lendemain, on s'est levés à 5 heures du matin. Parce qu'on devait atteindre le sommet avant que le soleil cogne. Sinon, après, des crevasses menaçaient de s'ouvrir. « La chaleur fait fondre la glace qui les recouvre et ça pourrait craquer à tout moment » nous a expliqué le guide.

On a avalé un gros petit déjeuner. On a enfilé nos polaires et nos gants. On a chargé nos sacs avec une gourde d'eau fraîche, des barres de céréales et les crampons qu'on chausserait plus tard sur le glacier.

Les adultes ont aussi pris un piolet chacun. Pas nous. On sait jamais.

On a mis nos lampes frontales sur le crâne parce qu'il faisait nuit. Et en marche !

On a d'abord longé le lac Bramant. Sans le voir. Distinguant juste sa masse plus sombre que le ciel et les montagnes. On s'est surtout concentrés sur le chemin pour éviter de se casser la gueule. Calant nos pas dans les pas de celui qui nous précédait. Laurent en tête du groupe.

On a contourné le lac Blanc (2 470 m). Il faisait pas chaud. De la buée plus épaisse que de la fumée de pétard nous sortait de la bouche.

Le jour est apparu quand on a dépassé le lac Tournant (2 500 m). Le sentier, c'était que des pierres et, autour, c'était que des rochers. Jusqu'au pied du glacier de Saint-Sorlin (2 700 m).

On a fait une pause. Pour observer la grande étendue de glace. Qui démarrait sous nos pieds et qui grimpait vers le sommet, là-bas au fond, tout en haut. Il restait 800 mètres de dénivelé. Trois bonnes heures de marche sur la glace. On a fixé les crampons à nos chaussures. Pour pas glisser. Et on a bu un coup en collant nos lèvres au goulot givré de nos gourdes.

— Si vous avez envie de pisser, c'est maintenant ! nous a signalé le guide. Après, quand on sera encordés, ce sera moins pratique…

Parce que ouais, on s'est encordés. C'est-à-dire qu'on s'est tous attachés à la même corde, en file indienne, chacun à 3 mètres de distance. Pour pas se lâcher en cas de danger.

— C'est pas une corde pour ligoter les prisonniers, c'est une corde de solidarité qui sert à rester soudés, au cas où il y en aurait un qui tombe ! il a précisé. Si l'un d'entre nous glisse ou chute dans une crevasse, tous les autres plantent leurs crampons ou leur piolet dans la glace, et comme ça on le retient tous ensemble !

— Tu parles, si c'est Aimable qui tombe, il va tous nous entraîner avec lui… j'ai rigolé.

— C'est malin, Malik ! a râlé le gardien.

Et il a choisi de s'attacher juste derrière moi. J'étais pile au milieu, en sixième position, entre lui et M. Cavalier. Jordan et Youssouf étaient devant avec le guide et le flic de Marseille. Les autres étaient plus bas.

— En route ! a lancé le gendarme de Savoie qui fermait la marche.

Alors on s'y est mis.

On a marché dans la glace. Qui brillait. Du blanc partout autour de nous. Rien que des sommets et des montagnes à perte de vue. Et le ciel tout bleu. On a progressé avec précaution. Un peu comme si on venait juste d'apprendre à marcher. Parce qu'au début, sur la glace, même avec les crampons, c'est pas si évident. Et jamais on s'était retrouvés dans un endroit pareil. On pouvait même croire que personne n'était jamais venu ici avant nous. Comme si on était des explorateurs dans un territoire inconnu et sauvage. Pas la trace d'une seule maison, pas un seul pylône, pas un câble électrique, pas le moindre panneau, pas un seul véhicule, rien, juste la nature. Ça nous a bien motivés. On a marché d'un pas régulier. Tous sur le même rythme. Alors que ça montait, ça faisait que monter, sans fléchir. Au contraire, plus on avançait, plus la pente était raide. Et on transpirait, on sentait plus du tout le froid, on commençait même à crever de chaud.

Au bout d'une heure, à 3000 mètres d'altitude, on a fait une nouvelle pause. Pour enlever nos polaires. Boire un coup. Manger des barres de céréales. Et se passer de la crème solaire sur le nez.

Putain. L'épisode de la crème solaire. On a failli se pisser dessus.

*

Déjà, au lieu d'enlever seulement sa polaire, Jordan avait tellement chaud qu'il s'est carrément mis torse nu. Bon, c'est pas super drôle mais, peut-être à cause de l'altitude et de l'oxygène qui commençait à devenir rare, ça nous a fait marrer. Ouais, parce qu'en montagne, comme il y a moins d'oxygène pour aérer le cerveau, ça provoque des délires.

— Je te rappelle qu'on est à 3 000 mètres d'altitude, lui a dit Benji, rhabille-toi ou tu vas attraper une pneumonie.

— Je suis gitan, j'ai le sang bouillant ! a répliqué Jordan.

Il s'est tartiné de crème solaire partout, sauf dans le dos, évidemment, il pouvait pas. Alors il a filé le tube à Youssouf et lui a demandé de le faire à sa place. Mais Youssouf, pour déconner, avec la crème, il lui a dessiné une grosse bite dans le dos. On a tous éclaté de rire. Surtout que Jordan s'en est pas rendu compte.

— Arrêtez de vous foutre de ma gueule ! il a protesté. Je vous dis que j'ai pas froid !

Et il est monté comme ça en plein soleil. Avec sa bite de crème solaire dans le dos. Et on arrêtait pas de se marrer en le regardant marcher devant nous.

Arrivé à 3200 mètres d'altitude, il a remis sa polaire, comme tout le monde, parce que le froid recommençait à piquer. Mais c'était trop tard. Le soir même, quand il s'est déshabillé, il avait la marque de la grosse bite blanche au milieu de son dos écarlate. Et ça lui est resté une bonne semaine.

— Putain, les mecs, vous êtes cons ! il a rigolé en découvrant ça.

Il nous en a pas voulu. Jordan était un mec vraiment sympa. Même s'il était en prison parce qu'il avait planté un tesson de bouteille dans la gorge d'un commerçant.

*

On a continué à monter, sans trembler, sur la grande pente abrupte, sous le grand ciel bleu, dans le grand air frais, genoux fléchis et nuque tendue, en appui sur les pointes de nos crampons, traçant un sillon derrière nous, le bruit de la glace qui craquait sous nos pas, notre respiration qui chahutait, on disait plus rien, on faisait que marcher en silence. Chacun avec des trucs différents dans la tête. Bien plus tard, quand on s'est raconté ce à quoi on pensait sur ce glacier, on a constaté que ça partait dans tous les sens. Youssouf réfléchissait à comment les cosmonautes vivaient dans l'espace, Jordan rêvait de boire une bière avec ses potes, Slimane s'imaginait sur le chemin de La Mecque,

Imad faisait la liste des meilleurs joueurs que devait acheter l'OM, Adel se récitait une chanson de Soprano. C'est bizarre, c'était des trucs sans rapport avec notre situation, mais ça nous permettait d'avancer sans nous plaindre.

Moi, à chaque pas, je sais pas pourquoi, j'avais envie de me jeter à plat ventre pour mordre dans la glace, sa surface scintillante, plonger dans ce grand blanc froid, rester là et attendre, entre les creux et les bosses, attendre que le monde entier se transforme en montagne aussi belle et accueillante, sans métro et sans béton, l'envie de fondre pour me disperser au milieu de tout ça, parmi les crêtes et les pics qui ressemblaient à des dents cassées sur les gencives de la Terre.

Et je me disais que Buck viendrait peut-être me chercher ici. Mais j'ai regardé autour de nous sans distinguer le moindre chien. J'ai seulement vu des créatures étranges incrustées dans les rochers ou dessinées sur le glacier. Des bêtes immobiles et inconnues. Ou des fantômes. Sûr que les ancêtres de Buck crapahutaient ici autrefois. J'aurais aimé glisser dans leur sillage, au-dessus des crêtes escarpées et des éboulis, pas besoin de peiner, je m'envolerais, je me détacherais de la terre et même du ciel, je fendrais l'air en riant et il me suffirait de tendre les bras pour trouver l'équilibre. Voilà, je savais pas où j'allais mais je savais ce que j'abandonnais, à croire que les montagnes remplaçaient tout, le temps et l'espace, je planais, je survolais les lacs et les ruisseaux, sans peur et sans obstacles, plus aucun problème et plus aucun reproche, enfin l'impression de trouver une place bien à moi, là, comme détaché de la misère et des dangers du monde.

Sauf que ça montait. On décrivait des zigzags pour que ça monte moins. Ça montait quand même. Et plus on approchait du sommet, plus il semblait s'éloigner.

Mais on y est arrivés. On y est arrivés.

Et là, ça m'a donné une drôle de sensation, encore mieux que quand je volais des bonbons au supermarché, vous savez, ce bonheur explosif dont je vous ai déjà parlé, qui se produit tout de suite après la peur de pas y arriver, comme quand on croit qu'on va mourir et qu'on s'aperçoit qu'on est finalement plus vivant que jamais, voilà, c'était ça à la puissance mille là-haut, l'impression d'être soudain un héros invincible, ou un brusque courant d'air invisible, voilà ce que ça m'a fait, à 3500 mètres d'altitude, en atteignant le sommet de l'Étendard.

*

Il y a une petite boîte en métal fixée à un trépied, au sommet de l'Étendard, une urne dans laquelle on peut laisser un message. J'ai inscrit nos noms sur une feuille. Avec la date et l'heure. Et je l'ai déposée dedans.

Malik Taghari ; Youssouf M'Bala ;
Jordan Claramonte ; Slimane Larbi ;
Imad Jelassi ; Adel Abdelazziz
7 juin 2018 - 11 h 06

Vous pourrez vérifier.

*

Après ça, évidemment, le retour a été difficile. Le retour à l'EPM, je veux dire, après cette grande aventure. On le savait, pourtant, qu'on devait rentrer. Mais à force de marcher en pleine montagne, à force de se sentir libre au grand air, à force de se croire en vacances, on avait presque fini par oublier.

On avait surtout oublié les autres détenus. Tous ceux qui étaient pas partis avec nous. Ça nous a fait un choc quand on les a retrouvés à l'EPM. Ils avaient l'air encore plus cons qu'avant.

Et l'espace semblait avoir rétréci. Le terrain de gazon, les salles de classe, la bibliothèque. Même nos cellules. Elles étaient plus propres que le refuge du lac Bramant, mais on a eu du mal à respirer entre leurs murs.

Le plus dur, c'était justement les murs. Moins hauts que des montagnes, mais infranchissables. Ils empêchaient même le temps de passer.

Je me suis concentré sur mes révisions. Pour le bac de français. On m'a installé dans le bureau du proviseur, le 18 juin, pour l'épreuve écrite.

L'épreuve orale, quatre jours plus tard, je l'ai faite par Skype. L'examinateur m'a interrogé sur *L'Exil et le Royaume* d'Albert Camus. Une nouvelle hyper chiante. Mais j'ai assuré. Surtout quand j'ai parlé de *L'Appel de la forêt* à l'examinateur. Et que je lui ai dit que Jack London racontait mieux le royaume et l'exil qu'Albert Camus.

Les notes sont tombées le 4 juillet. J'ai eu 17 à l'oral et 12 à l'écrit. Ouais.

La date de ma libération, ou ma « levée d'écrou » comme on dit légalement, était fixée au 20 octobre. Mais grâce à mes bonnes notes et à mes résultats scolaires « prometteurs », le juge d'application des peines, à la demande du proviseur, a décidé d'écourter mon séjour à l'EPM. Pour que je puisse faire ma rentrée de terminale au lycée.

Et je suis sorti le 20 août 2018. À 14 h 30.

*

Mon père est venu me chercher. Il a pris un train de Paris jusqu'à la gare Saint-Charles de Marseille. Puis un bus. Et il était là.

Il m'avait rendu visite que deux fois à l'EPM. Par manque de temps. Ou d'argent. Ou les deux.

Ça m'a fait plaisir de le voir le jour de ma sortie. Même si c'était pas vraiment une surprise. Le directeur m'avait prévenu. « Chaque mineur doit être accueilli par un adulte responsable au moment de sa libération. »

Je sais pas ce qui définit un « adulte responsable », mais mon père est l'homme le plus valable que je connais.

Je lui ai fait une bise sur chaque joue et il m'a serré dans ses bras.

— T'as grandi ! il a constaté.

— 1,80 mètre pour 70 kilos… je lui ai précisé.

Parce qu'on m'avait fait passer une visite médicale, la veille, pour vérifier mon état de santé.

Il a signé des papiers. J'ai récupéré mes affaires. Et on est sortis.

— Et si on allait voir la mer ? il a proposé. Ça te dit ? Nos billets de train pour Paris sont à 18 heures… Ça nous laisse un peu de marge !

Il devait se rappeler que je lui avais demandé de m'emmener voir la Méditerranée, il y a longtemps, et qu'à la place il m'avait emmené à Deauville, je vous l'ai raconté.

— J'ai pas de maillot de bain…

Il a tiré d'un sac le maillot que je mettais quand j'avais quinze ans.

— Regarde ! J'ai pensé à tout !

— Ça m'étonnerait que je rentre encore là-dedans… j'ai rigolé.

Un bus nous a déposés sur une plage de Marseille, la Pointe-Rouge, gavée de monde. Ça m'a fait bizarre, d'un seul coup, de voir tout ce monde. Tout ce monde qui se prélassait ou qui s'amusait. Tout ce monde qui profitait du soleil.

J'ai pas essayé d'enfiler le vieux maillot apporté par mon père. J'ai juste enlevé mes tennis pour mettre les pieds dans l'eau. Je l'ai trouvée presque trop chaude.

Il y avait quelques voiliers au large. Et un énorme paquebot.

Mon père se tenait à l'écart. Debout sur une grosse pierre. Il me regardait. En faisant des mouvements de brasse pour me pousser à aller nager.

On avait presque pas parlé dans le bus. Il avait juste posé une main sur un de mes genoux et il m'avait ébouriffé les cheveux avec son autre main. « Je suis content de te revoir, mon fils ! » il s'était exclamé en souriant. « Moi aussi, papa » je lui avais dit.

Je l'ai rejoint sans me baigner davantage. On s'est assis tous les deux face au soleil. Un cerf-volant claquait au-dessus de nos têtes.

— Alors, Malik ? a fait mon père au bout d'un moment.

— Alors quoi ?

— Comment tu vas ?

— Ça va, papa, ça va.

Il a passé un bras autour de mes épaules.

— Le directeur m'a dit que tu as eu des bonnes notes au bac…

— Ouais.

Des larmes coulaient sur ses joues. Peut-être à cause du soleil ou quoi.

J'ai essayé de le rassurer :

— Papa, l'EPM, va pas t'imaginer que c'était l'enfer. J'ai trouvé ça pas mal. Comme je te l'ai écrit dans mes lettres, on jouait au foot sur un grand terrain de gazon. Et tu sais, ils m'ont même emmené dans les Alpes, au milieu de la neige, sur un sommet à 3 500 mètres. Mais le plus marrant, c'est quand on a fait du théâtre, avec ce comédien qui…

— T'as peut-être envie d'y retourner ? il m'a coupé.

C'était de l'ironie mais, avec lui, on sait jamais.

— Non… je lui ai évidemment répondu.

— Bon. Alors laisse tomber ! Viens… On va se diriger vers la gare.

On a marché sur un trottoir qui longeait plus ou moins la mer. Jusqu'au Vieux Port de Marseille. Sous le gros soleil. On a pris deux canettes de Coca dans un snack et on est allés les siroter face aux petits bateaux amarrés. Leurs coques étaient si blanches qu'elles me faisaient mal aux yeux.

Mon père a fini par regarder sa montre :

— Bon, eh ben comme ça, au moins, on l'aura vue !

— Quoi ?

— La Méditerranée !

— Toi, tu l'avais déjà vue… je lui ai rappelé.

— C'est vrai ! Mais j'étais trop petit. On peut pas dire que je m'en souviens…

J'ai remarqué que ses yeux étaient cernés. Des rides creusaient des tranchées sans issue sur son front. Et la couleur de son visage tirait vers le gris.

*

Pour tout vous dire sur mon père, vite fait, il s'appelle Karim, il a quarante-sept ans, il est né en Algérie à Sidi Bel Abbès. Il est arrivé en France à trois ans, sur un gros bateau, avec ses deux grands frères et ses parents. C'était en 1976 et, j'ai vérifié, l'immigration était autorisée à cette époque.

J'ai jamais connu ses parents parce qu'ils sont morts avant ma naissance. Mon grand-père d'un cancer de l'amiante. Et ma grand-mère d'une infection qu'elle a attrapée dans un hôpital. Mon père s'étale jamais là-dessus.

Au début, tous les cinq, ils ont habité à Vaulx-en-Velin, vers Lyon, parce que mon grand-père travaillait dans une usine là-bas. Et après, je sais pas trop pourquoi, ils sont venus en région parisienne, à Aubervilliers. Sûrement à cause de mon oncle Najib « qui filait un mauvais coton » selon mon père.

Faut dire que Najib dealait de l'héroïne. Il a une grande cicatrice, du nez jusqu'au menton, qui lui traverse carrément les lèvres. Un coup de cutter. Quinze points de suture. Ça date de quand il avait à peu près mon âge.

On le voit pas souvent. Il habite à Courbevoie et il est devenu routier. Il conduit des camions de produits laitiers pour Nestlé. Il a trois enfants, un garçon et deux filles, comme mon père.

L'autre frère de mon père, Ahmed, il a pas d'enfants. Il a pas eu le temps, il a fait un AVC. C'était un bon joueur de handball, dans les années 1990, il faisait partie de l'US Ivry. Il se droguait pas et il fumait même pas. Mais quand j'avais huit ans, alors qu'il entraînait les jeunes du club, il est tombé d'un seul coup.

On le surnomme Homer parce que, depuis son AVC, il ressemble un peu à Homer Simpson, vous savez, dans le dessin animé. Ça le fait marrer. Il vit maintenant à Saint-Ouen et il bosse dans une déchetterie.

Mon père, comme ses frères, contrairement à moi, il était nul à l'école. « J'étais juste bon en histoire et géographie… » il précise toujours. Il a commencé à fumer des pétards au collège. Sans suivre le chemin de son frère Najib vers l'héroïne.

« Cette came a détruit presque toute notre génération à Vaulx-en-Velin et à Aubervilliers ! » il m'a dit.

Il aurait aimé devenir cosmonaute. Ou cascadeur au cinéma. Ou cavalier de rodéo comme Steve McQueen dans un vieux film qu'il adorait.

Mais un prof lui a conseillé de s'orienter vers la mécanique. Et quand il a obtenu son CAP, rien à voir, il s'est retrouvé marteau-piqueur sur des chantiers.

Puis il a rencontré ma mère j'ai jamais su comment.

*

J'ai souvent entendu mon père raconter cette histoire :

Un jour, quand j'étais pas encore né, alors qu'il connaissait juste ma mère depuis quelques semaines, il l'a invitée à aller au cinéma avec lui. Sauf qu'ils ont pas atteint la salle du cinéma. Parce que mon père, dans les escalators du métro, il a eu un accident.

Un accident plutôt grave, mais quand même comique. Un peu comme dans les films muets de l'époque Charlie Chaplin ou quoi. En fait, il est tombé. Soi-disant à cause de ma mère : « Elle était tellement éblouissante que je ne regardais qu'elle ! J'aurais mieux fait de surveiller mes pieds… »

Il a basculé à la renverse et, sans que personne comprenne comment, pendant que les escalators continuaient d'emporter calmement ma mère vers le haut, il a dégringolé toutes les marches jusqu'en bas pour finir avec une fracture ouverte au niveau du tibia, ouais, l'os lui traversait la chair et tout. Et il s'est carrément évanoui en voyant ça.

« Mais quand je me suis réveillé à l'hôpital, votre mère était là ! il racontait à mes sœurs et moi. Comme dans *La Belle au bois dormant*, mais à l'envers ! C'était la princesse charmante qui réveillait le pauvre idiot que j'étais… Je serais resté endormi au moins cent ans si elle n'avait pas déposé un baiser sur mes lèvres ! »

Sûrement qu'il exagère. Mais cette histoire nous plaisait. Même ma mère en rigolait.

*

Puis ils se sont mariés. Puis ils se sont installés à Saint-Denis. Puis ils m'ont eu. Puis ils ont eu mes deux sœurs. Puis mon père a emprunté pour acheter le bar. Puis ma mère est partie en Algérie avec mes sœurs.

*

On les a jamais revues. Ça va faire sept ans. C'était au début de l'été 2013, avant ma rentrée en cinquième, je crois que je vous l'ai déjà dit.

Au début, ma mère me téléphonait, pour prendre des nouvelles. Sur le téléphone fixe, parce que j'avais pas encore de portable, j'ai dû attendre de passer en quatrième pour en avoir un. Elle appelait quand elle savait que mon père était pas à la maison. Sinon il l'incendiait ou il lui raccrochait au nez.

Quand je décrochais, c'était bizarre, je savais jamais trop quoi lui dire. J'arrivais pas non plus à m'intéresser à ce qu'elle disait. Et quand j'ai eu mon portable, finalement, je lui ai même pas donné mon numéro. Alors elle a arrêté d'insister.

La dernière fois que je l'ai entendue, c'était pour mes seize ans, parce qu'elle avait gardé l'habitude d'appeler pour mon anniversaire. Après, j'étais en prison, alors plus rien. Et depuis que je suis sorti, c'est pareil, plus de nouvelles.

Elle avait juste téléphoné à mon père le lendemain de mon arrestation. « Je peux te dire que je me suis fait passer un savon par ta mère ! » il m'avait confié la première fois qu'il était venu me voir au parloir de la maison d'arrêt de Villepinte. Elle avait dû apprendre ça par les journaux. Ou les barbus du quartier l'avaient mise au courant.

*

Pendant ma détention à l'EPM, j'ai reçu un mail de ma sœur Yasmina, la grande. Internet en prison, c'est interdit mais, me demandez pas comment, on avait parfois accès à notre messagerie. Sans pouvoir y répondre.

C'était un mail avec des photos d'elle, de Djamila et de notre mère. J'ai eu du mal à les reconnaître. Et ça m'a fait une drôle d'impression. Un peu comme si ça me regardait pas. Ou que ça m'intéressait pas.

*

Dans le train du retour, avec mon père, on a un peu discuté. Sans évoquer ma mère. Ni mes sœurs. On avait tiré un trait sur elles depuis longtemps.

Il m'a donné quelques nouvelles du quartier : un appartement avait pris feu dans le bloc en face du nôtre, Leader Price avait remplacé Lidl, les cages d'escalier de la cité avaient été repeintes, une vieille femme s'était jetée du cinquième étage dans la cour du bloc D alors que des gamins jouaient au ballon.

J'ai pas osé lui demander des nouvelles de mes potes. Encore moins de Fatima. J'attendais qu'il le fasse. Tu parles.

— Quels sont tes projets ? il m'a brusquement lancé.

— Commencer par avoir le bac… j'ai répondu sans trouver mieux.

Mais j'ai aussitôt précisé une chose qui me plaisait :

— J'ai pris l'option « audiovisuel », en terminale, au lycée.

Ça l'a emballé. Et il en a profité pour me raconter les bons films qu'il avait vus au cinéma pendant mon absence.

Mon père et moi, en cinéma, on a plutôt les mêmes goûts. Sauf à propos des films avec Louis de Funès. Mon père est fan. Quand il a pas trop le moral, il se passe *Le Corniaud* ou *La Folie des grandeurs*, ça l'éclate comme un dingue. Alors que moi, les grimaces de Louis de Funès me faisaient marrer quand j'étais petit, mais plus aujourd'hui.

Mon film préféré à moi, je vous l'ai peut-être déjà dit, c'est *L'Exorciste*. Il y a bien un personnage qui fait des grimaces, dedans. Mais pas du tout le même genre.

*

Au lieu de prendre le métro, en arrivant à Paris, mon père m'a fait monter dans une vieille Kangoo.

— J'ai remplacé la Twingo ! il m'a fièrement annoncé.

Mais la véritable surprise c'est que, au lieu de me ramener directement chez nous, il m'a d'abord conduit devant son bar.

Le nom du bar de mon père, c'est Chez Nino, alors que mon père s'appelle Karim. Nino, c'est le prénom de l'ancien propriétaire, mais mon père l'a jamais changé.

— Tu remarques rien ? il m'a demandé.

Le rideau était baissé. Mais l'enseigne était allumée. Par souci d'économie, d'habitude, mon père l'éteint toujours avant de fermer.

— T'as laissé allumé… j'ai constaté.

— Et puis ?

— Ah ouais !

C'était une enseigne toute neuve. Toujours Chez Nino, mais avec des néons rouges, alors que celle d'avant était verte et qu'elle tombait en morceaux.

— C'est ton ami Kader qui l'a branchée ! a vanté mon père. Il a raté son CAP d'électricien mais il sait quand même se débrouiller…

— Et t'en as pas profité pour changer le nom ?

— Je peux pas, c'est trop de paperasse et ça coûte un bras, je te l'ai expliqué cent fois.

Il s'est accroupi pour déverrouiller le rideau. Je me suis dit qu'il voulait juste me montrer l'intérieur, il avait peut-être dû le réaménager, remplacer les tables bancales et les vieux tabourets ou quoi. Sauf que pas du tout.

Quand il a fait coulisser le rideau, ce foutu rideau qui grinçait toujours, j'ai remarqué qu'il y avait de la lumière dans le bar et, au fur et à mesure que le rideau se soulevait, je me suis rendu compte qu'il y avait un tas de gens derrière, j'ai d'abord aperçu leurs pieds, puis leurs jambes et leurs corps entiers et, quand j'ai vu leurs visages qui me souriaient, là, derrière la vitrine, j'ai compris que c'était une surprise organisée par mon père. Il y avait mes potes Zak et Ianis et Kader, il y avait des voisins, il y avait des vieux clients du bar, il y avait aussi la bibliothécaire du quartier, il y avait même mes deux oncles Ahmed et Najib, j'ai cherché Fatima des yeux sans la trouver mais, derrière eux, au-dessus du comptoir, ils avaient inscrit « Bienvenue Malik » sur une grande banderole et, quand ils ont tous levé les bras en criant, quand j'ai entendu les bouchons de champagne éclater, j'ai réalisé que mon père avait préparé cette petite fête pour mon retour, comme on peut en voir dans certains films américains, vous savez, quand un personnage est accueilli dans son village après avoir fait la guerre du Vietnam ou une autre, avec toute sa famille et ses amis qui sont là, qu'ils le prennent dans leurs bras et que tout le monde pleurniche un peu, de joie ou d'autre chose, on sait jamais trop mais, voilà, c'est exactement comme ça que ça s'est passé, Chez Nino, le soir du 20 août 2018.

*

J'ai fini la nuit avec mes potes dans le hall de ma cage d'escalier. On a un peu fumé et on a beaucoup rigolé.

Ils avaient pas mal de questions à me poser. Sur la prison et tout ça. Sur mes journées là-bas. Et sur des trucs très précis comme la hauteur des murs ou l'épaisseur des barreaux.

— Les barreaux sont plus gros et plus solides que ta bite ! j'ai répondu à Zak.

— T'as pas changé, mec ! il a dit. Même si t'as un petit doigt en moins…

Eux non plus n'avaient pas changé. Même si Ianis s'était coloré les cheveux en blond. Même si Kader avait la tronche couverte de boutons. Même si Zak, qui était avant le plus petit de nous quatre, nous dépassait maintenant d'une tête.

De toute façon, même dans la cité, comme j'ai pu le constater dans les jours et les semaines et les mois qui ont suivi, rien n'avait changé non plus.

Les mêmes immeubles. Les mêmes cours. Les mêmes gens sur les mêmes trottoirs.

Juste quelques nouveaux tags sur les murs.

Mais les mêmes problèmes. La misère et l'ennui.

Ailleurs aussi. À Paris. En France. Dans le monde entier.

*

— Et Fatima ? j'ai fini par leur demander.

Ils ont haussé les épaules sans répondre.

— Vous la voyez un peu ? j'ai insisté.

— Pas trop… a dit Zak. Elle nous regarde de haut…

— On la voit que de loin… a dit Kader. Elle fait trop la belle…

— Il paraît qu'elle sort avec un tas de mecs de son lycée… a dit Ianis.

Ça m'a bien fait chier de les entendre dire ça.

*

Je vais tout de suite vous raconter la fin de mon histoire d'amour avec Fatima. Comme ça j'aurai plus à y penser. C'est pas que je veux m'en débarrasser mais sinon ça va m'embrouiller.

Déjà, rien qu'écrire « histoire d'amour », là, ça m'énerve. Mais je peux pas appeler ça autrement. Parce que je l'aimais. Et je crois qu'elle m'aimait aussi. Alors quoi ?

Elle avait pas répondu à mes dernières lettres. Elle était pas venue à la fête organisée par mon père. Et elle est restée invisible pendant trois jours quand je suis rentré.

J'avais passé seize mois sans la voir mais ces trois jours-là ont été les plus longs.

J'ai pas sonné chez elle. À cause de ses parents qui ont jamais pu me sentir. Mais le matin du quatrième jour, je me suis calé sur les marches de sa cage d'escalier, pile là où elle avait embrassé mon doigt coupé. Et j'ai attendu.

Elle est descendue en début d'après-midi. Elle habite au cinquième étage mais, rien qu'à l'oreille, de là où j'étais, j'ai reconnu ses pas.

Je vous décris pas Fatima parce que, les descriptions, c'est chiant à faire et c'est encore plus chiant à lire. Faudrait que je trouve une actrice qui lui ressemble, pour vous donner une idée, mais y en a pas. Tant pis. Ou tant mieux.

Elle a fait une drôle de tête quand elle m'a vu là. Des traits joyeux lui plissaient les yeux mais ses lèvres étaient tordues dans le mauvais sens.

— Malik ?

Comme si elle en était pas sûre.

Moi, je l'ai bien reconnue, c'était la même bombe qu'avant, elle avait juste des seins plus gros.

— J'attends Fatima… j'ai dit pour me la jouer comme elle. Vous savez pas où elle est ?

Ça lui a tordu les lèvres dans le bon sens. Alors je me suis avancé pour la serrer dans mes bras. Mais elle était tellement contractée que je l'ai aussitôt lâchée.

— Je ne t'aime plus… elle a annoncé aussi simplement que ça.

— Merde alors ! j'ai rigolé pour faire semblant d'éviter le marteau-piqueur qui me démolissait le cœur.

Voilà comment ça s'est terminé.

*

Après, au lycée, on a gardé nos distances. Faut dire que presque tout le monde se méfiait de moi. Et elle ne traînait qu'avec des Blancs bien sapés.

Elle est sortie avec au moins trois mecs différents en terminale. L'un d'entre eux s'est vanté d'avoir couché avec elle. J'ai pas cherché à savoir si c'était vrai.

*

Il y avait un fossé au lycée.

Entre les autres et moi. Entre les leçons et moi. Entre mes classeurs et moi. Entre les salles de classe et moi. Entre les couloirs et les escaliers et la cour de récré et moi.

Je me tenais à carreau. Jamais une heure de colle. Ni une note en dessous de la moyenne. Je hurlais mes cours dans ma chambre jusqu'à les connaître par cœur. J'apprenais. Je retenais. Je récitais. Pas comme *Le Cancre* de Prévert, vous savez, « *il dit non avec la tête mais il dit oui avec le cœur* ». Je faisais exactement le contraire. À cause du fossé.

Je m'appliquais. Pour résoudre les équations à deux inconnues et ressembler aux deux mille inconnus que je croisais au lycée. Je m'appliquais et mes bonnes notes les étonnaient. Je souriais mais on me prenait pour un dur. Les conversations s'arrêtaient et les têtes se baissaient dès que j'arrivais. Je continuais de sourire. À cause du fossé.

Je levais parfois la main. Pour poser une question. Les profs me répondaient. Je trouvais que leurs réponses ne correspondaient jamais à mes questions. À cause du fossé.

J'avais un petit doigt coupé. « On pourrait sélectionner Malik pour une compétition handisport ! » a plaisanté le prof de gym. Toute la classe a ricané. Même moi. À cause du fossé.

J'avais passé seize mois en prison. J'avais tué un homme. Tout le monde le savait. Mais personne n'en parlait. Même pas moi. À cause du fossé.

*

Du coup, avec tout ça, pendant un petit moment, on peut pas dire que j'étais en grande forme.

C'est les manifs avec les Gilets jaunes qui m'ont redonné la pêche. Grâce à mes potes. Loin du lycée. Grâce aux cris et aux fracas. L'euphorie. Grâce à l'espoir que ça soulevait. Tous ces yeux qui brillaient. Grâce aux pavés et aux bouteilles qu'on balançait. Maintenant ou jamais. Grâce à la foule. Grâce à notre force de frappe. Et grâce aux flammes.

Ouais, l'incendie du Fouquet's, je vous l'ai déjà raconté. Le bordel. Les vitrines en miettes. Les Porsche et les Mercedes qui cramaient. La joie. Le délire. L'adrénaline, cette molécule que je venais d'étudier en sciences au lycée, la voilà qui jaillissait sur les Champs-Élysées. Sans déconner. Et notre assaut contre les flics au pied de l'Arc de triomphe. Ouais. C'était merveilleux. Un peu comme le sommet de l'Étendard, juste là, place de la Concorde.

Ça m'a réveillé. Ça m'a excité. Ça m'a emballé.

Pas que moi. Mais *nous*. Tout le monde.

Je croyais que ça allait changer la donne. Ou au moins faire bouger les lignes. Pas les lignes de métro. Ni celles de mes cahiers de classe. Mais celles des lois qui nous encerclent. Celles qui tracent des fossés pleins de merde. Celles des « inégalités » et de la « fracture sociale » si vous préférez les grands mots. Ou même les lignes que forment les synapses, un autre mot appris en cours de sciences, « les synapses sont les zones de communication entre les cellules de notre cerveau », vous comprenez, dire « bougnoule » à la place de « jeune homme » est une information transmise par les synapses.

Voilà. Je croyais que nos saccages allaient tordre l'ensemble de ces lignes-là.

Sauf que : rien du tout.

À part la rotule de Ianis brisée par une balle de LBD.

*

La seule passerelle, au-dessus du fossé du lycée, c'était pour moi l'option « audiovisuel ». Notre prof de cinéma, Mme Kaplan, nous a montré des bons films que je connaissais pas. *Les Temps modernes* de Charlie Chaplin et *L'Enfance nue* de Maurice Pialat. Je trouvais que, même s'ils étaient vieux, ces films se rapprochaient vachement des Gilets jaunes. Et de ma colère.

Ce qui me plaît surtout, dans le cinéma, c'est qu'il ouvre les yeux sur la misère et les injustices. On les connaît pourtant, dans mon quartier, les injustices et la misère. Mais c'est encore plus évident au cinéma. Parce que les films racontent des histoires claires alors que nous, ici, on a que la misère, sans scénario ni mise en scène.

Presque tous les élèves de l'option avaient des goûts de merde. Je m'en suis aperçu quand Mme Kaplan nous a demandé de faire un exposé sur un film qu'on aimait. Ils ont choisi *Harry Potter* ou *The Avengers*. Sans déconner.

Moi je leur ai présenté *L'Exorciste* de William Friedkin. J'ai vraiment eu la trouille, la première fois que je l'ai vu, même si j'étais avec mon père. Et c'est toujours un film qui m'angoisse, aujourd'hui, mais plus pour les mêmes raisons. Je n'ai plus peur du démon et de ces conneries. J'ai seulement peur de la détresse de tous les personnages, qui sont désespérément seuls, du début à la fin.

C'est en fait un film qui me rend triste. Parce que, comme je l'ai écrit pour conclure mon exposé, « c'est un grand film sur la solitude, la perte, l'abandon et le deuil ».

La prof de cinéma m'a mis 18/20. Et j'ai eu la même note au bac dans cette matière.

*

J'ai eu le bac avec la mention « bien ».

Mon père a punaisé le diplôme au comptoir de son bar et j'en ai envoyé une copie au proviseur de l'EPM.

Sauf que ça m'a pas servi à grand-chose.

*

Je savais pas quoi faire comme études. Encore moins comme travail plus tard. Je ne remplissais plus la case « projet de métier » sur mes fiches scolaires. Personne m'aurait pris au sérieux si j'avais marqué « Robin des Bois ».

La conseillère d'orientation m'a convoqué dans son bureau, quatre mois avant les épreuves du bac, alors que je croyais avoir le temps.

— Avez-vous une idée des études que vous aimeriez suivre ?

— Pas du tout.

— Est-ce qu'un métier vous intéresse en particulier ?

— Non.

Tout me paraissait inenvisageable. Ou impossible.

Elle a examiné mon carnet de notes.

— Je constate que vous avez de brillants résultats. Ça vous ouvre de larges perspectives… Mais il est urgent de songer à votre avenir ! Qu'attendez-vous pour y réfléchir ?

— Je sais pas.

— Qu'est-ce que vous aimez dans la vie ?

Embrasser Fatima. Regarder des bons films. Relire *L'Appel de la forêt*. Délirer avec mes potes en fumant des pétards. Jeter un panneau dans la gueule des CRS et monter sur le toit d'un immeuble pour voir brûler le Fouquet's.

— Je sais pas… j'ai seulement répété.

Mais j'ai pensé à Buck. Mais j'ai pensé au grand air. Mais j'ai pensé à la glace qui craquait sous mes pieds. Et je me suis revu grimper au sommet de l'Étendard.

— Ah si ! j'ai brusquement réagi. La montagne !

— La montagne ?

— Oui. Marcher dans la montagne.

La conseillère d'orientation a soupiré :

— La pratique de la randonnée n'est pas un métier… On appelle cela un loisir.

Tu parles. J'aurais aimé la voir suer sur la pente d'un glacier. Ou se faire avaler par une crevasse. Mais j'ai rien dit. J'ai préféré me renseigner tout seul là-dessus.

J'ai d'abord téléphoné à l'EPM. Pour obtenir les coordonnées de Laurent, le guide de Savoie, qui nous avait accompagnés au sommet.

Le proviseur de la prison a été vachement surpris de m'entendre. Et plutôt content. Il avait pas l'habitude de recevoir des nouvelles d'un ancien détenu. Je lui ai raconté où j'en étais. Il a retrouvé le numéro de Laurent et me l'a filé sans problème.

J'ai aussitôt appelé le guide :

— Bonjour, c'est Malik, je sais pas si vous vous souvenez de moi… Je faisais partie du groupe de jeunes de l'EPM, on est montés sur l'Étendard avec vous, début juin 2018…

— Je me souviens parfaitement de toi, Malik !

Ça m'a fait plaisir.

— J'aimerais savoir comment on devient guide de montagne.

— Alors ça, mon vieux, c'est du boulot ! il a prévenu. Il faut commencer par passer un diplôme d'accompagnateur de moyenne montagne. Et il vaut mieux avoir grandi à la montagne pour ça... Mais il y a un centre de formation qui prépare à ce diplôme.

— Où ça ?

— Dans les Alpes, en Isère, vers Grenoble.

Merde alors. Même avec une bourse universitaire, même avec les aides sociales, même en me contentant de bouffer que de la farine, jamais j'aurai assez de fric pour faire des études loin de Paris.

— Et les candidats doivent avoir fait de grandes randonnées avant de pouvoir accéder à cette formation... il a ajouté. Tu as fait de nouvelles randonnées cette année ?

— Non. J'ai fait qu'une seule randonnée dans ma vie. Sur l'Étendard. Avec vous.

— C'est pas assez. Tu pourras pas te présenter au concours d'entrée.

— Je pourrais toujours mentir... j'ai suggéré. Et m'inventer des randonnées...

— Tu rigoles, Malik. La montagne, ça s'invente pas. Tu ne pourras pas piéger les examinateurs. Ils sont capables de décrire la moindre pierre de chaque sentier.

Ça m'a découragé.

— Tu veux vraiment devenir guide de montagne ? a demandé Laurent.

— Je sais pas trop… J'imagine que ça me plairait… Marcher dans la montagne…

Il a vaguement soupesé ma motivation ou mes chances, à distance, avant de dire :

— Écoute, Malik, je vais voir ce que je peux faire… Je te promets rien, mais je vais voir ce que je peux faire.

J'ai raccroché sans y croire. Un peu déçu. Et pas moins perdu qu'avant.

*

Je me suis finalement inscrit en anthropologie à la faculté de Nanterre. Rien à voir avec la montagne. Et je savais pas trop ce que c'était. Mais pendant les manifs de Gilets jaunes, les rares étudiants avec qui j'avais un peu parlé, les plus énervés et les plus motivés, m'avaient appris qu'ils étaient en anthropologie. Alors je me suis dit que ça devait être pas mal.

Sauf que je me suis fait chier comme un mégot écrasé. Les cours étaient aussi pénibles qu'un métro en panne. Et les livres à lire étaient plus insupportables qu'un robinet qui fuit.

Je vais pas vous soûler avec ça mais, juste un exemple, un prof nous a conseillé ce bouquin, *Tristes Tropiques* de Claude Lévi-Strauss, ouais, comme la marque de jeans. Putain. « C'est un des piliers de l'anthropologie, a précisé ce prof, mais c'est également de la grande littérature. » Tu parles. J'ai trouvé ça dégueulasse de nous dire que c'était de la grande littérature. Surtout par rapport à Jack London ou quoi. *Tristes Tropiques* est un bouquin tellement ennuyeux que, même si je passais vingt ans en prison, je pourrais jamais arriver à le lire en entier.

*

L'envie de faire péter des bombes, elle m'est pas venue tout de suite. Et pas uniquement parce que je me faisais chier à la fac.

Mais à force, peu à peu, à force de ramer, avec tout ce que je vous ai déjà raconté, à force de subir et de supporter, à force d'en avoir marre.

*

J'ai pas appris grand-chose à la fac. J'y suis peut-être pas resté assez longtemps. En plus, un mois après la rentrée, on a fait grève. Pour manifester contre je ne sais plus quelle réforme à la con.

Les trucs les plus intéressants, je les ai appris pendant les manifs. En fréquentant quelques étudiants qui avaient pas mal de connaissances sur la lutte des classes et tout ça. J'ai tenu le piquet de grève avec eux. Même quand il pleuvait. On fumait des pétards et on discutait. On refaisait le monde comme ça nous arrangeait.

Ils fumaient beaucoup. Et ils parlaient beaucoup. Mais c'était pas des branleurs. Ils se bougeaient vraiment le cul. Ils brûlaient des pneus devant les portes de la fac. Ils distribuaient des tracts un peu partout. Ils collaient des affiches.

Leurs affiches avaient de la gueule. Elles étaient réalisées par une étudiante en histoire de l'art. Morgane. Blonde, mais plutôt jolie, je précise parce que, d'habitude, les blondes, je les trouve plutôt moches.

— Qu'est-ce qui est arrivé à ton petit doigt ? elle m'a demandé pendant qu'on partageait des bières tous ensemble en imprimant ses affiches.

— Un sale type me l'a coupé.

— Tu rigoles ?

— Non. Il voulait même me couper les autres doigts. Mais je l'ai tué avant qu'il puisse le faire.

— Tu l'as tué ?

— Ouais. J'avais seize ans et j'ai passé seize mois en prison.

J'ai souri, mais elle a compris que c'était vrai. Et j'ai brusquement réalisé que ça faisait déjà plus d'un an que j'étais sorti de prison. La preuve que le temps passe plus vite en liberté.

— Heureusement que tu es dans notre camp ! a apprécié un mec inscrit en sociologie.

— Tu voudrais pas tuer le Président ou le ministre de l'Éducation ? a ricané un autre.

— Ils m'ont pas coupé un doigt… j'ai répondu.

— Mais ils veulent faire pire ! a garanti Morgane. Ils veulent amputer la dernière jambe valide de l'enseignement public et arracher le cœur de la recherche universitaire !

— Ouais ! a gueulé un de ses amis. Il faut leur trancher la tête !

Ça a déclenché un débat. Comme chaque fois. La plupart des étudiants qui menaient la grève se proclamaient « anarchistes ». Ils étaient d'accord pour se débarrasser de tous les élus politiques. Aussi bien en France que dans le monde. Une de leurs grandes phrases : « La démocratie, c'est le droit des peuples à disposer d'eux-mêmes, pas le droit des élus à disposer du peuple. » Mais les moins courageux n'étaient jamais d'accord sur la méthode. Une de leurs grandes questions : « La violence est-elle légitime ? » Les engueulades que ça provoquait duraient des plombes.

Pour moi, même si j'envisageais pas encore de commettre un attentat, la nécessité de la violence était déjà une évidence depuis que j'avais lu *Les Aventures de Robin des Bois*.

Mais je me suis contenté de les calmer en minimisant :

— J'ai pas tranché la tête du connard qui m'a coupé le doigt. Je lui ai juste donné quelques coups de chaise sur le crâne…

*

Mes potes, mes vrais potes je veux dire, ceux de mon quartier, ceux que je connais depuis toujours, Zak et Ianis et Kader, ils étaient pas à la fac avec moi. Mais je leur rapportais les conversations de mes camarades étudiants. Ça les intéressait. Ils me donnaient leur avis et on tombait généralement d'accord assez vite. Sur la violence comme tout le reste.

On n'appréciait pas les mêmes films, mais on adorait ce western, *Le Bon, la Brute et le Truand*, avec sa fameuse réplique : « Le monde se divise en deux catégories : ceux qui ont un pistolet chargé et ceux qui creusent. » On voulait pas creuser. On voulait un pistolet chargé.

On n'a pas attendu que j'aille à la fac pour comprendre que le monde est injuste. On sait que, même si le Far West n'existe plus, le monde se divise toujours en deux catégories : il y a juste ceux qui possèdent et ceux qui n'ont rien ou presque. Alors il faut que tout éclate, c'est évident, les choses ne peuvent plus durer comme ça, avec tous ces gens qui crèvent la dalle et cette poignée de milliardaires qui se gavent.

— Couper la tête du Président, ça servirait pas à grand-chose, il y aura toujours un requin pour le remplacer… a jugé Kader.

— Faudrait quand même lui péter les rotules ! a estimé Ianis.

— Et toutes les dents ! a ajouté Zak.

J'ai proposé un truc un peu moins risqué :

— Pour l'humilier vraiment, une bonne claque dans sa tronche, ça suffirait…

— Mais c'est pas ça qui va changer le monde ! ils ont réagi.

J'ai eu pas mal de discussions avec mes potes. Mais les discussions, ça reste que des discussions, je veux dire que c'est pas de l'action. Alors n'allez pas les soupçonner de quoi que ce soit.

On faisait que délirer. En se plaignant parfois comme des petits vieux. Regrettant le temps des Gilets jaunes. Le temps où on saccageait les Champs-Élysées. Le temps où on se disait : « C'est ici et c'est maintenant que ça se passe ! »

*

Quelques jours avant les dernières vacances de Noël, en fumant un pétard, Ianis nous a annoncé qu'il avait couché avec une fille. Ça nous a scotchés. On avait très envie que ça nous arrive aussi. Kader s'est vanté de l'avoir déjà fait mais personne l'a cru. Zak a roulé un nouveau pétard. J'ai rien dit.

— Tu voudrais pas coucher avec moi ? j'ai demandé le lendemain à Morgane aussi simplement que ça.

— Non… elle m'a répondu encore plus simplement.

*

Pour Noël, avec mon père, on a trouvé aucun film valable au cinéma. Alors il a enclenché le DVD de *La Folie des grandeurs*. Ça m'a soûlé.

*

Rejoindre sagement le piquet de grève à la fac, début janvier, ça m'a gonflé aussi.

— Ça sert à rien ! j'ai râlé au milieu des anarchistes. On n'avance pas !

— C'est une action qui demande du temps, a plaidé Morgane. On peut pas changer le monde du jour au lendemain.

Ça a provoqué un nouveau débat. Entre ceux qui levaient le poing avec moi et ceux qui baissaient les bras. Mais je ne les écoutais déjà plus.

Un prof a tenté de franchir notre barrage. On l'a repoussé sans ménagement. Le col de son manteau s'est déchiré.

— Vous devriez d'abord changer vous-mêmes avant de vouloir changer le monde ! il nous a jeté avec mépris.

On l'a insulté et il s'est barré en nous menaçant de porter plainte.

N'empêche que j'ai essayé de suivre son conseil.

*

J'ai recomposé le numéro de Laurent. Le guide qui m'avait dit : « Je te promets rien, mais je vais voir ce que je peux faire… » Ma seule piste.

Pour marcher dans la montagne au lieu de piétiner ici. Grimper là-haut au lieu de raser le bitume. Respirer le grand air au lieu de cracher par terre. Et mordre dans la glace au lieu de me ronger les ongles.

« Sortir la tête de ce trou avant que mes épaules tombent sur mes talons ! » résumerait mon père à sa façon.

Des grésillements quand Laurent a décroché. Et sa voix à peine perceptible. Il était dans le TGV entre Lyon et Paris. Direction l'aéroport de Roissy. « Je vais tresser du napalm ! » il a crachouillé. N'importe quoi. « Je vais trois semaines au Népal ! » il a répété. Je savais même pas où c'était. « Dali maloya ! » il a précisé. À croire qu'il parlait créole. « Dans l'Himalaya ! il a crié. Sur les pentes de l'Everest ! »

Je lui ai demandé si je pouvais pas l'accompagner là-bas. « Ha ha ! il s'est marré. Tu manques d'entraînement, Malik, c'est presque trois fois plus haut que l'Étendard. Mais j'oublie pas ton envie de marcher en montagne. » Puis ça a coupé.

Il m'a envoyé un texto dans la foulée : « Je me renseigne dès que possible pour te trouver un stage dans les Alpes. » Tu parles. Je me suis forcé à y croire cinq minutes. Le temps de lui répondre « Merci » avec un smiley.

*

Je crois pas trop aux miracles mais, le 8 février, le jour de mes 19 ans, il m'est quand même arrivé un truc qui y ressemble.

Mon portable a sonné, un numéro inconnu, j'ai pris l'appel en croyant que c'était quelqu'un qui allait me souhaiter joyeux anniversaire.

— Malik ? a fait une voix sévère.

— Ouais…

— Bonjour Malik, c'est Jean-Louis.

J'ai cherché sans trouver qui ça pouvait être.

— Je connais pas de Jean-Louis…

— Mais si ! il a dit. Jean-Louis, le collègue de Laurent, je t'ai conduit sur l'Étendard avec ta bande de criminels juvéniles !

Putain. Le gendarme de Savoie dont l'uniforme croulait sous les médailles. J'avais pas retenu son prénom. Faut dire qu'on le surnommait « le Médaillé » ou « le Tortionnaire ».

— Ah ouais. Je me souviens.

— Bon. Il paraît que tu n'es plus au bagne. Comment vas-tu ?

— Pas trop mal… j'ai menti.

— Tant mieux. Laurent m'a passé un coup de fil pour me signaler que tu voudrais travailler en montagne. C'est vrai ?

— Oui. Pour marcher. Comme vous.

— Bon. J'ai un beau-frère qui élève des moutons à Orcières, un petit village, dans les Hautes-Alpes. Un de ses bergers va se faire opérer en avril prochain. Mon beau-frère a besoin de quelqu'un pour le remplacer parce que, avec la rééducation et le reste, ce mec ne sera pas de retour avant septembre. Ça t'intéresse ?

— Garder des moutons ?

— Oui. Quatre cents bêtes. Dans la bergerie jusqu'au printemps. Avant de les accompagner faire la transhumance.

J'ai pas pu m'empêcher de rechigner :

— Mais je voulais marcher dans la montagne…

— T'as pas à t'inquiéter pour ça : tu marcheras pendant la transhumance !

— La transhumance ? C'est quoi ?

— Mener les moutons dans les hauteurs, vers les pâturages, à 1 500 mètres d'altitude et au-delà…

Ça a commencé à m'intéresser. Surtout quand il a ajouté :

— Avec les chiens.

Sans déconner. Je me suis aussitôt vu avec Buck.

— Waouh ! j'ai réagi. Super ! J'arrive quand vous voulez !

— Bien. Il faudrait peut-être que tu viennes fin mars, en observation, histoire de vérifier si ça te plaît. Mais je vais te laisser le numéro de mon beau-frère et tu verras ça avec lui. C'est d'accord ?

— Ouais. À fond d'accord.

J'étais tellement content que j'ai pas su quoi lui dire de plus alors, finalement, c'est exactement ce que je lui ai dit :

— Je suis tellement content que je sais pas quoi dire…

— « Merci », peut-être ?

— Ouais ! Merci ! Merci beaucoup !

J'ai pas raccroché et il a pas raccroché non plus.

— Malik ?

— Ouais.

— Je vais te dire une chose…

— Quoi ?

— Des groupes, en montagne, j'en ai guidé pas mal. Des adultes, des enfants, des scolaires, des touristes, des professionnels, des amateurs et même des handicapés. Presque tous ces groupes, trop souvent, je les trouve pénibles. Mais je veux te dire ça : votre groupe de délinquants, alors que je m'attendais à en baver, je l'ai trouvé formidable. Vous avez tous été parfaits. J'avais encore jamais guidé un groupe aussi impeccable que le vôtre. Voilà… Voilà ce que je voulais te dire. À toi et à toute cette bande de dangereux criminels. J'ai oublié de le faire avant que vous repartiez dans votre pénitencier… Mais je tenais vraiment à vous féliciter !

Ça m'a fait chaud au cœur d'entendre ça, un compliment pareil, je m'y attendais pas, surtout de la part d'un gendarme.

*

Je me voyais déjà là-bas.

J'en ai parlé à mon père.

— Berger ? il s'est étonné.

Puis :

— À la montagne ?

Puis :

— Qu'est-ce que je vais faire sans toi ?

Mais je me voyais déjà là-bas.

J'ai téléphoné au beau-frère du gendarme.

— J'ai avec moi trois employés et trois chiens, il m'a expliqué. Le berger que tu devrais remplacer va plier bagage le 4 avril. Faudrait que tu sois là deux semaines avant pour te faire la main. Le 21 mars si ça te va.

— Comptez sur moi !

— Jean-Louis m'a dit que tu étais vaillant. J'espère que c'est vrai parce qu'il faut être sacrément vaillant pour s'occuper des bêtes !

— Je suis vaillant ! je lui ai garanti. Quelle est la gare la plus proche ?

— La gare de Gap. Pourquoi ? Tu n'as pas le permis de conduire ?

— Non…

— C'est embêtant.

— Mais je viens pour marcher…

— Mouais. Mais sans bagnole, ici, c'est pas pratique ! À moins que tu loges à la ferme. Ça te dérange pas ? Il y a un petit appartement dans une dépendance.

— Ça m'ira très bien !

Sans déconner, inutile de chercher un logement, je pouvais pas rêver mieux.

— Est-ce que vous avez un chien qui s'appelle Buck ? je lui ai brusquement demandé.

— Euh… non… Il y a Païco, le plus expérimenté, Maïda, la plus jeune, et Babine, le plus têtu.

Il me les a envoyés en photo. Je vous jure que je les ai caressés sur l'écran de mon smartphone. Ils avaient une trop bonne tête. Je me voyais déjà avec eux.

J'en ai parlé à mes potes.

— Berger à la montagne ? ils ont sursauté.

Puis :

— Tu vas te geler les couilles !

Puis :

— Tu déconnes ? Tu vas quand même pas nous laisser tomber ?

Mais je me voyais déjà là-bas.

*

Sauf que la suite, évidemment, vous la connaissez déjà.

Avec le coronavirus, le confinement, l'interdiction de sortir et de se déplacer à partir du 17 mars.

On l'a tous vécu, on est tous d'accord, on s'est tous fait chier, alors je vais pas vous soûler avec ça, même si je crois que ça m'a davantage fait chier que tout le monde.

— Les moutons, en cette saison, ils ont l'habitude d'être confinés, m'a prévenu le fermier au téléphone. Mais j'ai quand même besoin de quelqu'un pour s'en occuper. Et toi, vu la situation, tu vas pas pouvoir arriver jusqu'ici…

— Je vais me débrouiller pour venir ! je lui ai assuré.

Sauf que pas de train. Sauf que pas de bagnole. Sauf que rien du tout nulle part.

J'ai pas osé demander à mon père de m'accompagner jusque là-bas dans sa Kangoo. À cause de ses yeux cernés. De sa fatigue et de son visage gris. De sa détresse. L'usure et les années. L'âge et l'ennui. Les Alpes étaient beaucoup trop loin pour lui. Sûr qu'il aurait haussé les épaules sans bouger si je lui avais demandé un truc pareil.

Je me suis bougé le cul tout seul comme un grand. J'ai fait mes bagages et je suis parti le

20 mars. J'ai forcé un chauffeur Uber du quartier à me conduire gratuitement jusqu'à une station-service du périph. Je comptais y trouver un véhicule qui descendrait vers Lyon. J'ai pas vu passer grand monde mais j'ai réussi à convaincre un routier de m'embarquer dans son camion. Il allait pas bien loin, vers Auxerre ou quoi, à 160 bornes de Paris, c'était déjà ça. Il m'a déposé sur une aire de l'autoroute A6. J'ai vu passer encore moins de monde que sur le périph. Les rares conducteurs que j'ai abordés ont même pas voulu m'écouter. « Vous n'avez rien à faire ici ! » m'a jeté une bonne femme en panique. Et un fourgon de gendarmerie s'est pointé vingt minutes après.

Ça faisait six heures que mon attestation de déplacement n'était plus valable. « Je vais travailler dans les Hautes-Alpes » j'ai déclaré aux gendarmes. Ils ont fouillé mes bagages et ils ont pris ma carte d'identité. « M'occuper des moutons dans une bergerie et faire la transhumance » j'ai précisé. Ils m'ont verbalisé. « Je connais un gendarme en Savoie » je leur ai dit. Ils m'ont direct reconduit à Paris en me demandant de la boucler.

*

La déception m'a abattu et carrément collé par terre. La déception de pas pouvoir gagner les

Alpes, mon projet qui s'écroulait, la déception de devoir rentrer à Saint-Denis, au fond du trou sans trouver comment en sortir.

Ça m'a scié les jambes et tordu le cœur. Comme un choc. Bien plus terrible que quand on m'avait conduit en prison.

*

Au début, je me suis dit que j'allais profiter du confinement pour lire des livres, comme quand j'étais à l'EPM.

Sauf que la médiathèque a fermé. Contrairement au supermarché.

Alors j'ai surtout fumé des pétards avec mes potes.

Les journaux télévisés me faisaient chier. Applaudir les soignants à 20 heures me faisait chier. Remplir une attestation de déplacement pour aller à la boulangerie me faisait chier.

À force, sans même choper le virus, à force de tourner en rond dans les halls avec mes potes ou dans l'appartement avec mon père, à force de rien faire et de même pas savoir quoi faire, j'ai eu l'impression d'étouffer.

*

Et j'ai décidé de fabriquer une bombe.

*

Sûr que vous devez halluciner. Et me prendre pour un cinglé. Parce qu'entre garder des moutons et fabriquer une bombe, il y a forcément d'autres choix possibles. Et poser une bombe au lieu de marcher en montagne, aucun rapport. Même en cherchant bien, moi-même, j'arrive pas à comprendre le chemin. Mais j'en vois plus aucun valable. Tant pis. Ou tant mieux.

Je m'en fous.

Et faut pas rigoler, on le sait, tout dérape dans le mauvais sens, on dégringole à la vitesse grand V, le monde entier s'écroule et, les premiers à se faire enterrer, c'est toujours nous, alors faut que ça explose, on le sait, rien nous appartient, l'immense majorité des gens qui naissent sur cette planète ne possèdent rien, même pas la terre où ils sont nés, ils sont privés de tout par une minorité qui détient le pouvoir et les richesses, exploités par ceux qui les méprisent et affamés par ceux qui les ignorent, on le sait, alors on peut pas rester les bras croisés, je peux pas me contenter de fumer des pétards ou de regarder des films.

*

Une bombe, honnêtement, je vous cache pas que c'est un peu délicat à fabriquer. Mais j'ai trouvé des tutoriels pas mal du tout sur Internet. Et il y avait quelques bouteilles de gaz prêtes à l'emploi dans la cave du bar de mon père.

J'ai fait ça tranquille. À l'abri des regards. Sans éveiller les soupçons.

Le bar était fermé à cause du confinement alors ça me laissait le champ libre.

— Où tu as passé ta journée ? me demandait parfois mon père.

— T'inquiète… je me contentais de lui dire.

Je tenais pas à lui raconter ce que je faisais. J'avais pas encore de projet précis. Je savais même pas ce que je voulais.

*

Ce que je veux, au fond, c'est pas compliqué. Je veux juste qu'on en profite. Tous. À égalité. Sans mendier. Sans compter et sans se priver. Sans être tenus en laisse comme des chiens. Et sans se sentir obligés de casser des vitrines.

J'aimerais juste que tout le monde vive confortablement sans se faire chier, quoi.

*

Le confinement s'est prolongé alors, pour m'occuper, j'ai fabriqué deux bombes supplémentaires.

Et j'aurais pu en faire d'autres mais ça manquait de place dans la cave de mon père.

*

J'aimerais juste que la planète ne tourne plus dans le mauvais sens. J'aimerais des éclairs et des courants d'air. J'aimerais que le bonheur soit contagieux. J'aimerais qu'on rigole sans se soucier de rien. J'aimerais que mon père et mes potes puissent prendre des vacances à la montagne ou sous les cocotiers. J'aimerais que mes sœurs deviennent championnes olympiques de ski ou de catamaran. J'aimerais vivre en altitude. Planer dans une forêt. Entre les branches et les avalanches. J'aimerais cavaler sous l'orage. Ou glisser dans quelque chose de moelleux. Sur des pentes enneigées. J'aimerais avoir un chien avec qui je marcherais dans les broussailles et on franchirait les fossés en mordant les nuages.

J'aimerais que ce soit simple.

*

Le confinement a pris fin le 11 mai.

C'est maintenant l'été et j'ai trois bombes qui sont prêtes à exploser. Soigneusement rangées dans la cave du bar de mon père. Sans déconner, au moment où j'écris ces lignes, il y a peut-être dans cette cave de quoi faire autant de dégâts que le coronavirus.

Mais vous inquiétez pas, ça sera pas Hiroshima. Et je vais pas poser mes bombes dans un service de réanimation ou dans un EHPAD, non, vous verrez bien.

*

J'aimerais aussi coucher avec une fille.

*

Fatima s'était inscrite en fac de lettres. Ça faisait un moment que je la croisais plus trop. Je me suis dit que c'était maintenant ou jamais.

Je suis allé au Leader Price du quartier pour y faucher un sachet de bonbons Haribo. J'ai fait un selfie avec et j'ai envoyé la photo à Fatima.

Mon portable a sonné cinq minutes après.

— Tu te prends encore pour Robin des Bois ? elle a demandé.

— Ouais. Mais je peux pas partager aussi peu de bonbons avec la Terre entière. Juste avec toi. Tu veux passer chez moi ?

— Non. Mais on peut se voir dans la cour de mon bloc.

Elle m'attendait sur un banc. J'ai même pas eu le courage de lui dire ce que je voulais.

Je lui ai juste offert les bonbons.

Elle m'a remercié. Elle les a mangés en souriant. Et elle est repartie.

J'ai pas insisté.

*

À cause du coronavirus, le Festival de Cannes a été annulé, le Championnat d'Europe de foot a été annulé, même les jeux Olympiques ont été annulés.

*

Je suis resté tout l'été dans la cité. À attendre. À vérifier le mécanisme de mes bombes. À attendre en faisant semblant de rien. À naviguer sur Internet et Google Maps. À attendre en cherchant une cible. À prendre des leçons de conduite avec mon père, dans sa Kangoo, sur le parking. À attendre en alignant des bonbons sur Candy Crush. À fumer et raconter des conneries avec mes potes, d'un banc à un autre, torse nu au soleil. À attendre le bon endroit et le bon moment.

*

Et j'ai commencé à écrire tout ça dans un cahier. Pour mettre les choses au clair.

*

J'ai d'abord noté les dix meilleurs instants de ma vie sur une page. J'ai jamais su où caser cette page alors autant la mettre ici. J'ai pas classé ces instants par ordre chronologique mais par ordre de préférence.

1. Quand Fatima a posé ses lèvres sur la plaie de mon doigt coupé, dans sa cage d'escalier, la nuit du 18 avril 2017.

2. Fatima qui m'embrasse sur la bouche pour la première fois, on était en CM2, ça devait être en 2011, c'était dans la cour de mon bloc, du rouge frôlait ses joues, mes yeux se sont plissés et son sourire est resté suspendu sur la façade de tous les immeubles.

3. L'ascension de l'Étendard (3 500 m), en Savoie, le 7 juin 2018.

4. La déclaration de Fatima à mon procès le 31 mai 2017.

5. Avec mon père, en septembre 2013, quand on s'est jetés tout habillés dans les vagues sur la plage de Deauville.

6. Sur le toit de Zara, pendant l'incendie du Fouquet's, après avoir balancé le panneau de sens interdit dans la gueule des CRS, le 16 mars 2019.

7. Quand j'ai reçu mes bonnes notes du bac de français, à l'EPM, le 4 juillet 2018.

8. La finale de foot en salle de Seine-Saint-Denis, avec mes potes, en catégorie poussins, je me souviens pas de l'année, mais on a gagné 5 à 1.

9. La fois où j'ai fauché 327 euros en une seule fois, dans un appartement du quartier Saint-Lazare, en décembre 2016.

10. En février dernier, quand l'éleveur de moutons m'a envoyé la photo de ses trois chiens, quand je me voyais déjà là-bas et que j'y croyais encore.

*

Voilà.

J'en ai marre d'attendre. Et je sais pas trop quoi raconter de plus.

Je suis prêt. Tout est prêt.

Peut-être une expression de mon père pour finir : « T'as voulu un vélo alors, maintenant, pédale ! »

Sauf que je vais pas y aller à vélo. J'ai chargé les bombes dans sa bagnole. Et j'ai plus qu'à foncer.

Mon père doit être en train d'essuyer le comptoir de son bar. Mes potes doivent être en train de se demander ce que je fous.

J'ai à peu près tout dit alors, maintenant, faut que j'y aille.

Vous allez sûrement en entendre parler dans les journaux. Mais jamais ils vous raconteront tout ça.

Ouvrage composé par
PCA – 44400 REZÉ

Imprimé en France
par Normandie Roto Impression s.a.s.
61250 Lonrai
N° d'impression : 2106388
S32181/01

MIXTE
Papier issu de
sources responsables
FSC® C003309

L'éditeur de cet ouvrage s'engage dans une démarche
de certification FSC® qui contribue à la préservation
des forêts pour les générations futures.

Pour en savoir plus :
www.editis.com/engagement-rse/

PKJ • www.pocketjeunesse.fr
POCKET JEUNESSE

92, avenue de France – 75013 Paris